とある竜騎士の昼下がり

Z

S級ギルドを追放されたけど、実は俺だけドラゴンの言葉がわかるので、気付いたときには竜騎士の頂点を極めてました。3

三木なずな

ファンタジア文庫

3196

口絵・本文イラスト　白狼

CONTENTS

I've been kicked out of an S-rank guild. But only I can communicate with dragons. Before I knew it, I became the greatest dragon knight. 3

44. 一秒もかからない

竜人化の能力を試してから数日後、俺はジャンヌと一緒に、パーソロンからボワルセルに向かった。

竜人変身に合う武器を見繕いに街に行く、と言ったらジャンヌがついてきたのだ。

そのジャンヌが、「ほぅ……」と上気した顔で、俺の隣に並んで一緒に街道を歩いていた。

「どうした？」

「シリル様のお姿、すごく凛々《りり》しく――神々《こうごう》しかったです」

「こうごうしい」

そんな言葉がまさか自分に向けられるとは思ってもいなくて、棒読みでリピートしてしまった。

そう、武器を見にいく話の流れで、ジャンヌに一瞬だけ竜人の姿を見せたのだ。

それを見てからというもの、彼女はまるで恋する乙女のような表情をしてしまっている。

「はい！　あのようなお力を手に入れるなんてすごい事だと思います」

「そうか？」

「竜騎士の中の竜騎士と言っても過言ではありません‼」

ジャンヌは鼻息を荒くして力説した。

今の彼女は元の「お姫様」の格好じゃない。

ユーイと俺が契約して身につけたスキルで、姿を変えた「ジャンヌ」だ。

元の清楚《せいそ》で上品な姿から、美しさを損なわずに、親しみやすい「普通の娘」のような姿になったのがジャンヌだ。

人間は、その時の姿によって振る舞い方が大きく変わる。

ジャンヌになっている時の彼女は、元の姿よりもやや直情的で――感情に素直な感じがする。

そんな彼女の口から出てきたのが「竜騎士の中の竜騎士」だ。

「それは嬉《うれ》しいな」

ここ最近、リントヴルムを追放されてから何かと持ち上げられる事が増えたが「竜騎士の中の竜騎士」というのは、そんな中でも特に嬉しい褒め言葉だ。

「ありがとう、それは嬉しいな」

「お世辞じゃありません！　本当ですよ!?」

「ああ、ありがとう」

俺は小さく頷《うなず》いた。

竜騎士の中の竜騎士。

案外、すんなり受け入れられる言葉だった。

最初はドラゴンと話せるだけだった。

今は変身すれば姿もドラゴンに近づけられる。

竜騎士の中の竜騎士――強く謙遜するようなものじゃない、素直に受け取っていい言葉だと思った。

「しかし、あれは力を消費しすぎるのが難点だな。文句なしに強いんだけど」

「そんなに使うんですか？」

ジャンヌが首を傾《かし》げて聞いてきた。

「最初の時、ジャンヌはいなかったんだったな。牛一頭分を食べて吸収したエネルギーが一分と持たなかったよ」

「そ、それはすごいですね……」

「エネルギーをもっと大量に蓄えなきゃいけないんだけど」

「だけど？」

「食費が」

俺は苦笑いした。

「俺の食費だけで、うちのドラゴン全員分合わせた食費の、更に三倍くらいはかかる」

「さ、三倍……しかもみんなの分合わせて……」

ジャンヌは驚愕《きょうがく》した。

そうなるよな。

「しかも、これは贅沢《ぜいたく》な話なんだけど、たくさんの量を食べる時、同じ味で同じものだと最後の方は飽きてくる。できれば違う味のものを多く、が食べやすいんだよな。そうなると更に食費がかさむ。最悪、食費はどうにかなるけど、味はなあ」

「コックをお雇いになりますか？」

「うーん」

「私がいい人を紹介しますよ」

ジャンヌが意気込みながら言った。

見た目は普通の少女だが、そこはやはり一国の王女だ。

たぶん人脈とかがたくさんあるんだろう。

コックくらい、いくらでも紹介できる当てはあるんだろうな、というのが雰囲気から伝わってきた。

　俺はほとんど考えずに即答した。

「いや、それはいい」

「ど、どうしてですか」

「紹介とかじゃなくて、自分の目で見て、自分が信頼できる、って思った人をって思う。コックを雇うって事は、その人もジャンヌと同じく、俺達の仲間って事になるんだから」

「信頼できる、ですか」

「ああ、そういうもんだろ」

「は、はい……」

　ジャンヌはうつむいてしまった。

　顔はよく見えないが、耳が真っ赤になっていて、肩をわなわなと震わせている。

　まずい、怒らせたか？

　姫様の申し出をあっさりと断ってしまって、プライドを傷つけてしまったか？

　フォローしなきゃ――。

「信頼できる仲間……嬉《うれ》しい……」

「え？　今なんて」

「ひゃあ⁉　な、なんですか？」

「いや、今なんか言ってたけど……」

「ええ⁉　こ、声に出ちゃってました⁉」

「ああ。なんて言ったんだ？」

「聞かれてない……？　えっと！　なんでもありません！」

「そうか？　でもさっき――」

「なんでもありませんから！」

「お、おう」

ジャンヌの勢いに気圧《けお》されてしまった。

なんだかよくわからないが、あまりつっこまない方がいいのかもしれないな。

「その！　た、楽しみにしてます」

「楽しみ？」

「はい、いいコックが作った料理が、シリル様の安定した変身に繋《つな》がりますので。竜人の姿、本当に素敵なので楽しみにしてます」

「そうか。うん、頑張る」

よほど俺の竜人姿が気に入ったんだなあ、と。

そう思うと、ちょっとだけクスッときた。

ジャンヌとそんなやり取りをしながら街道を歩いてボワルセルに向かう。

ふと、目の前に見知らぬ一団が現れた。

街道に立ち塞がるような形の一団に、俺とジャンヌは足を止めた。

「へへへ……」

全部で十人、全員ならずものらしい格好をしてる男達だ。

先頭に立つ男が下卑た笑みを浮かべていた。

「こいつはいい、ただのコロシだと思ってたけど、ボーナスもついてるじゃねえか」

男はそう言いながら、なめ回すような目でジャンヌを見た。

「――っ！」

ジャンヌはビクッとして、身をすくませた。

「何者だ、お前達は」

「なあに、大した名前もねえ、その辺のごろつきよ」

「金さえもらえりゃなんでもするような底辺も底辺さあ」

「金さえもらえりゃ？」

俺は眉をひそめた。

「お前さんの事をよく思ってねえヤツがいるってこった」

「だれだそれは」

「今から死ぬヤツがそんな事を知ってもしょうがねえだろ」

「……死ぬ時に呪える相手がいるのといないのとじゃ大違いだ」

「へっ、物わかりがいいじゃねえか。いいぜ、それは——」

「おい、さすがにやめとけ」

「別にかまわねえよ。どうせ死ぬ人間だ——古巣に迷惑をかけ過ぎたんじゃねえのか？ んん？」

「リントヴルムか」

「まっ、そういうこった。あの世でゆっくりと連中を恨《うら》みな。ついでにドラゴンを連れ歩かなかった自分の迂闊《うかつ》さも呪いな」

男がそう言うと、男達は一斉に武器を抜き放った。

なるほど、そういう事か。

竜騎士が色々できるのは、あくまでドラゴンを使役しているから、というのが常識だ。

俺を暗殺しようと待ち伏せていたこの連中は、俺がドラゴンを連れていないこのタイミングを狙って出てきた、って事か。

「し、シリル様」

「大丈夫だ。変身すれば、いける」

「で、ですが。あれはエネルギーの消費が」

「なあに」

俺はふっと笑い、ごろつき連中に視線を向けた。

「こんな奴《やつ》ら、一秒もかからん」

直後、俺は変身した。

光の中で竜人に変身した俺は、一瞬だけ全力を出して全員に肉薄しつつ、胴体を突き抜けるほどの当て身を喰《く》らわせて、気絶させた。

そして、最初に立っていた位置に戻ってくる。

その間、宣言通り。

一秒もかからなかった。

そして、信じられない、何が起こったのかわからない、という顔をしながら、ごろつきどもはくずおれていく。

「なっ」

俺は振り向きながら、ジャンヌにウインクをした。

「さ、さすがです、シリルさん！」

ジャンヌから怯《おび》えが一瞬で消え去り、大いに興奮し出したのだった。

45．慰謝料

「ところで、この人達はどうしますか？」

興奮が少し落ち着いてきたころ、ジャンヌは倒れている——全員気絶している連中をちらっと眺めながら、俺に聞いてきた。

「どうするって？」

「逮捕して、処罰させましょうか。わたくしが証言すれば全員縛り首は確実です」

「証言だけで？」

「王族の証言はそれだけ重いですから」

「ああ」

俺は大きく頷《うなず》いた。

そういえば聞いた事があるな。

「確か、王族や貴族の証言は、平民よりも力があるんだっけ」

「はい」

ジャンヌははっきりと頷いた。

「王族の公的な発言は、家名を背負ってのもの、という事になりますので」

「確かに、それは重くもなるな」

俺は頷き、納得した。

今まで、王族貴族の証言力が庶民よりも高い、強い事は知識として知っていたが、理由までは知らなかった。

しかし、今ジャンヌの説明を聞いて納得した。

家名を背負っての発言なら、王族貴族の「全て」を背負っての発言という事になる。

普通に考えたら、下手な事は言えない。

嘘《うそ》の証言をして、あいつは大嘘つきだ、なんて事になったら目も当てられない。

「まあでも、被害はなかったし」

「もちろんシリル様のお力の前に何もできなかったのはそうですが、シリル様のお命を狙おうなんて狼藉《ろうぜき》は許せません」

「ふむ」

ジャンヌは平然とした口調で言っているが、内容をよく吟味すると、彼女がかなり怒り心頭なのが伝わってくる。

本気で俺を襲ったこいつらを縛り首にするつもりだ。

俺は倒れている連中を見た。

「まあ、こういう稼業《かぎょう》をしてる連中だ。比喩とかじゃなく『負けた方が悪い』んだから、いいんだけど」

「では、ルイーズを呼んで、この者達を役所まで運びましょう」

「いや、それは待ってくれ」

「なさらないのですか？」

「ああ」

俺ははっきりと頷いた。

「その前に、やってみたい事がある」

ジャンヌは小首を傾《かし》げ、俺はにこりと微笑《ほほえ》み返した。

「やってみたい？」

☆

ボワルセルの街、リントヴルムの拠点の中。

久々の古巣を、俺は姫様と二人で訪ねてきた。

建物に入ると、すぐにルイと遭遇した。

「お前——」

ルイは俺を見て、驚愕《きょうがく》した。

「な、何をしに来たんだ」

ルイははっきりと動揺していた。

普段から俺を見かける度に突っかかってきていたが、今はそれとはまた違う。

はっきりとした「動揺」だ。

その反応だけで、もう「クロ」だって言ってるようなもんだ。

「話がある。誰か責任者になるヤツを呼んでくれ」

「こっちは話なんかねえ——」

「シリル様、もういいのではありませんか？」

ルイの言葉を遮るような形で、姫様が言った。

物静かな声だったが、かなりの迫力だ。

その物静かな声だけでルイの切羽詰まった怒鳴り声を完全に圧倒していた。

「わたくしはやはり、事実は事実として公にするべきだと思います」

「なんだお前は——はっ」

怒鳴りつけてから、ルイはハッとした。

目の前の少女の正体に気付いたのだ。

今の彼女はジャンヌではない。

元の姿に戻った王女様だ。

「じ、事実って……まさか……」

「ええ、見た事、聞いた事。それを包み隠さず公の場で話そうと思います」

「ま、待ってくれ！　それは——」

それは——の先の言葉が出てこなかった。

姫様が現場を目撃していて、その証人になろうという事を理解したようだ。

その事の重大さを瞬時に理解して、止めようとしたが。

さすがに自分の口からその事を言うのはすんでのところで止められたようだ。

ルイが理解したところで、俺はわざとらしくため息をついた。

「そうですね。姫様のお話も聞く耳持たないという事みたいですから。申し訳ありませんが、役所までご足労を願えませんか」

「構いません、真実を明らかにする事の方が大事ですから」

姫様は真顔でそう言い放った。

ここに来る前に打ち合わせしていた流れだが、姫様のそれには「芝居感」がまったくなかった。

むしろ、本気でそうしようとしている。

俺が止めていなければ、全て公の場でぶちまけようとしている。

彼女は本気だ。

だから伝わる、圧倒する。

「ま、待ってくれ」

「うん？」

「う、うぅ……」

呻《うめ》くルイ。

口を金魚のようにぱくぱくさせた。

「これが最後だ。責任者が出てこないんなら帰るぞ」

「す、少し待ってくれ」

ルイは血相を変えて、慌てて建物の奥に駆け込んでいった。

「誰も出てこないといいですわね」

その後ろ姿を見て、姫様がぽつりと言い放った。

「首謀者」を目《ま》の当たりにして、だいぶ怒りがぶり返してきてるみたいだなぁ。

☆

リントヴルム本拠の応接間の中、俺と姫様は一人の男と向き合った。

初老の男、名前はパスカル。

リントヴルム立ち上げの最古参メンバーで、今は副ギルドマスターをやっている男だ。

「あんたが出てくるとはな」

「王女殿下に失礼があってはいけないのでな」

「今までの事が失礼ではない、とお思いですか？」

「申し訳ございません。私どもの監督不行き届きでした。王女殿下がお見えになったとわかった瞬間にすぐに通達させるべきでした」

パスカルはそう言って、深々と頭を下げた。

「殿下へのご無礼、衷心よりお詫《わ》び申し上げます」

「……」

姫様は泰然とパスカルの謝罪を受け入れた。

「さて……話は聞きました。先ほどルイを締め上げたところ、どうやらシリルを襲わせたのは事実のようです」

「あら、お認めになるのですわね」

「監督不行き届きで、誠に申し訳ございません。ルイにはしかるべき処罰を下した上で――」

「それはやめた方がいい――そう言いに来た」

「――。……と、言いますと？」

パスカルは訝《いぶか》しげな表情で俺を見つめ、聞いてきた。

「ルイがならずものどもを使って俺を襲わせた。まあそれはいい。問題は、その場に姫様がいたという事だ」

「むっ……」

「姫様。あの時の連中、姫様を見てなんと言っていましたか？」

俺は姫様に話を振った。

「『こいつはいい、ただのコロシだと思ってたけど、ボーナスもついてるじゃねえか』、でしたわね」

「という事だ」

姫様からパスカルに視線を戻した。

「というわけだ。ボーナス、って言葉の意味。お互いこういう稼業をしてるんだし、連中の思考はわかるだろ？　あの連中は姫様を性的に辱《はずかし》めようとしたんだ」

「……それは偶然であり、殿下の正体を知らなかったから——」

「それはもちろんそうだろうな。だが、それで罪が軽くなるという事でもないだろ？」

「……」

「リントヴルムの愚行によって、姫様を性的辱めの危機にさらした。というのは事実だ。この話を公でしていいのか、って事だ」

「それは……」

パスカルの顔が強《こわ》ばった。

どこでも同じだ。

姫様には父親がいる。

国王という父親だ。

そして多少の例外を除けば、どこでも娘は父親に溺愛されるものだ。

今の話が公に出て、国王の耳に入れば——リントヴルムは大変な事になる。

「ど、どうしろと言うのだ」

「これは傷害事件だ。傷害事件は当事者同士で示談が成立すればそれでおしまいだ」

「す、少し待ってくれ」

パスカルは一旦部屋を出た。

一分と経《た》たない内に戻ってきた。

「これで、お怒りを収めてもらえないでしょうか」

そう言ってパスカルが差し出したのは教会札の束だ。

一枚1万リールの教会札で、合計で十枚ある。

つまり10万リールだ。

それを、パスカルは姫様に差し出した。

姫様はそれを見て、俺に聞いた。

「如何《いかが》ですか、シリル様」

その瞬間、パスカルの顔が更に強ばったのを俺は見逃さなかった。

パスカルは誰が主導権を握っているのか見誤っていた。

話の主導権を握っているのは普通に考えて姫様——と考えていたようだが、実際のところ姫様は俺の意向を伺っていて、俺が主導権を握っている。

それを察知して、顔を強ばらせたのだ。

まあ、それはそうと。

あまり追い詰めて逆上されたら事だし。

ここいらで手じまいとするか。

俺は十枚の教会札を受け取った。

「示談成立だ」

と言った。

パスカルは、見るからにほっとした。

リントヴルムからの刺客を返り討ちにした俺は、それで10万リールという大金をせしめる事に成功したのだった。

46. 姫様の怖さ

リントヴルムを出て、しばらく歩いていたが、ジャンヌが急に立ち止まった。

俺も立ち止まって振り向くと、考え事をしてる顔のジャンヌが見えた。

「ジャンヌ？」

「……」

「どうした、何かあったのか？」

「……すみませんシリル様、急用を思い出しました」

「急用？」

「はい。ですので、今日はこれにて失礼させていただいてもいいでしょうか」

「それはもちろんいいけど」

ジャンヌは俺のギルド『ドラゴン・ファースト』に加入してはいるけど、本当の身分は王女だ。

王女には公務とか、そういうのが色々とあるはずだ――詳しくは知らないけど、あるはずだ。

ギルドに加入してる事なんて言ってみれば趣味みたいなもので、王女としての用事の方が大事なのは間違いない。

「……なにか手伝いはいるか？」

「ありがとうございます、シリル様！」

ジャンヌは嬉《うれ》しそうな顔で言ってから。

「でも大丈夫です。わたくしがやりたいだけで、大した事ではありませんから」

「わかった、じゃあまたな」

「はい」

俺はジャンヌと一旦人気のない所に移動して、擬態を解いて元の王女の姿に戻してあげた。

そしてジャンヌと別れて、一人になる。

「さて、ローズの所に行くか」

つぶやきつつ、本来の用事に戻ろうとした。

歩き出し、庁舎につく前に、竜具店を通りがかった。

「……」

竜具店を見て、俺の手は自然と、懐《ふところ》にある10万リールに伸びていた。

☆

翌日、本拠パーソロン。

「これで工事は以上となります」

「ああ、お疲れ」

「では」

作業着を着た若い男の四人組が俺に一礼して、拠点から出ていった。

それを見送った後、俺は振り向いた。

振り向いた先には竜舎があって、ドラゴン達は表に出ていた。

クリスとルイーズ、そしてエマがいた。

コレット達は仕事で拠点を離れている。

『もういいの？　ゴシュジンサマ』

「ああ、工事はもう終わった。中に入ってもいいぞ」

『なんの工事だったんですか？　さっきの人達、なにか土？　を中に運んでたみたいですけど』

「中に入ってみるといい。実際に体感した方が説明するより早いはずだ」

『くははは。よし、ならば我が一番ノリだ』

『それはずるい』

『早い者勝ちなのだー』

『むぅ……こんな時にコレットがいれば』

まるで子供のような無邪気さで一番に竜舎に入るクリスと、呆《あき》れ半分悔しさ半分でついていくルイーズとエマ。

そんな三人の後にくっついて竜舎の中に入った。

三人は竜舎の中にいて、俺は入り口近くに立って見守っている形になった。

竜舎の中は、ぱっと見何も変わってなかった。

が。

『あっ……なんか……なんだろ』

『はい……なんか……です』

ルイーズとエマは困惑していた。

「どうだ？　感想は」

『よ、よくわからない』

「だめだったか？」

『そんな事ありません！　すごく居心地がいいです。よくわからないですけど、すごくいいです』

『うん、なんだろこれ』

『くははは、土のおかげだな』

『土？　そういえば』

『さっきの土が原因なんですか？』

クリスに言われて、ハッとするルイーズとエマ。

二人は同時に俺の方に視線を向けてきた。

「ああ、竜舎の土を入れ替えさせた。ブルーグラスっていう土だ」

『ええっ！　ぶ、ブルーグラスですか⁉』

エマが大声を出して、びっくりしていた。

『知ってるのエマ』

『はい！　竜舎の床に使われるものの中で一番高い土です。……シリルさん、もしかして、竜舎全部にブルーグラスをいれたんですか』

「ああ」

『ぜ、全部、ですか……』

『……そんなに高いの？』

エマの反応を見て、恐る恐るって感じで俺に聞いてくるルイーズ。

「ざっと2万リールってところだな」

『2万⁉　土だけで？』

「ああ」

『くははははは。やるな心友よ』

『な、なんで土にそんな大金を？』

「みんなは一日の三分の一から半分くらいを竜舎の中ですごすだろ？　そんなに長時間すごす場所なんだから、居心地のいい空間にするべきだろ。多少金がかかってもな」

『あっ……』

『シリルさん……』

ルイーズとエマ、二人はハッとした後、感動したような表情をした。

『うむ、我にはまったく効果はないが、普通のドラゴンであれば疲労回復効果が高そうな土だ』

「クリスのお墨付きがあるとほっとするよ」

俺はニコッと笑いながら言った。

『それに、土だけではないな。心友よ』

「ああ、やっぱり気付いたか」

『くはははは、当然よ。我は唯一にして至高なる存在。環境の変化くらい秒で気付くものよ』

『ま、まだ何かがあるんですか？』

びっくりして、恐る恐る聞いてくるエマ。

「ああ、これだ」

俺は振り向き、入り口上にある壁に視線を向けた。

そこには昨日まではなかった、クリスタルのオブジェがつけられている。

クリスタルはまるで心臓の鼓動のような、一定のリズムで明滅を繰り返している。

『あっ、さっきまでなかったものだ』

『あれってなんですか？』

「ステイヤー……っていう名前の装置だ」

『ステイヤー……』

「これが、竜舎の中の気中魔力を、ドラゴンに一番心地いい状態に保ってくれるそうだ」

『うむ。ドラゴンが生まれた時代の気中魔力濃度になっているな。人間どもはこのようなものをつくっていたのか、やるではないか』

「その時代を実際に知っているお前の方がすごいんだけどな」

俺はニコッと笑ってクリスに言った。

『くははははは、それほどでもあるな。もっと褒めるがいい』

「ああ、すごいぞ」

実際にすごい事、すごい存在だから、俺は惜しげもなくクリスを褒めた。

そうしてから、二人の方に振り向く。

「とりあえず住環境を整えてみたけど、どうだ、なにか息苦しかったりするとかあるか？」

『な、ないよ、そんなの』

『はい……すごく……気持ちいいです』

「ならばよしだな」

『あの……シリルさん。その、ステイヤー……って、いくらくらいしたのですか？』

「8万リールだな」

『は、8万も⁉』

『そんなに⁉』

「あぶく銭が入ったからな、いつかやろうと思ってた事を前倒しでやっただけだ」

『ゴシュジンサマ……』

『ありがとうございます……シリルさん』

二人は感激した表情で俺を見つめてきた。

喜んでもらえてるみたいだし、この調子なら今ここにいないコレット達にも喜んでもらえるだろう。

金をかけて正解だった、と思った。

「聞きしに勝るすごい人なのね」

「ええ、そういう方《かた》なのです」

「むっ？」

急に背後から声が聞こえた。

びっくりして振り向いた。

そこには姫様と――見知らぬ老婦人がいた。

老婦人は落ち着いているが、はっきりと上質な衣服で身を包んでいる。

そして、纏《まと》っている穏やかな空気も、それだけでただ者じゃないとわかる。

俺は振り向き、まずは姫様に一礼した。

「姫様、出迎えもせず申し訳ない」

「いいのですよ、シリル様。それよりも紹介します。こちら、ジラール伯爵夫人」

伯爵夫人！

俺はびっくりして、慌てて老婦人——伯爵夫人にも一礼した。

「失礼致しました。シリル・ラローズと申します」

「はじめまして、クララ・ジラールよ」

伯爵夫人はにこりと、上品に微笑《ほほえ》んだ。

「えっと……これは」

「伯爵夫人にね、気付かせてあげたんです」

「気付かせる？」

「わたくし、長年リントヴルムとお取引していましたの」

「はあ……」

俺は曖昧に頷《うなず》いた。

貴族の中には、竜騎士ギルドと長期間で契約をしてる者も少なくない。

そしてそれは、竜騎士ギルドにとって、継続的な収入になる——という事は知っている。

「それで姫様からお聞きしたの。リントヴルムはひどい事をする所らしいのね」

「え？　ああ、まあ」

俺を狙った一件か。

「そんな所とお取引をするのはどうかと思いましてね。もしよろしければ、ドラゴン・ファーストの話を聞かせてくれないかしら」

「‼」

俺はびっくりした。

それはつまり……鞍替《くらが》え。

伯爵家の取引を、こっちに……？

俺は姫様を見た。

「わたくし、怒っていますの」

姫様は笑顔だが、笑っていない目で言った。

「あの程度で許してあげるつもりはありませんのよ」

……あ。

昨日、急用を思い出したと言っていたあの後、姫様は大口取引先の伯爵夫人の所に行っていたのか。

リントヴルムを弱体化させるために。

微笑みながら話す姫様からは、敵に回したくない頼もしさと怖さを感じた。

47．ドラゴンの美しさ

「えっと……と、言いますか――」

ちょっとだけ困った俺は、伯爵夫人に聞き返した。

「その取引というのはどういうものなんです？　俺にできる事だといいんですが」

正直リントヴルムと比べると、こっちは組織の規模が段違いに小さい。

もしも、その取引とやらが組織力を求められるものだったら、俺には手も足も出せない。

だからちょっと困りつつ聞き返したわけだが。

「ご安心を、抜かりはございませんわ」

姫様が横から言ってきた。

「シリル様ならどうという事のない内容ですわ」

「うーむ」

それは正直、信じていいものか怪しく感じた。

姫様は俺を高く評価している。

もしもこれが「過大評価」からくるものなら、俺にできない依頼を引っ張ってくる可能性がある。

その場合。

「大丈夫ですわ」

俺の表情から何か読み取ったのか、姫様は顔を近づけさせて、ささやき程度の声で耳打ちしてきた。

「確実に、あの者達に打撃を加えられる方《かた》を選んできましたの」

「な、なるほど」

姫様に気圧《けお》されつつも、俺は納得してしまった。

そこまで目的がはっきりしてるんなら——という説得力と安心感を感じた。

俺は気を取り直して、改めて伯爵夫人の方を向いた。

「お話を、聞かせて下さい」

「ええ、まずはうちの子を見て下さいな」

「うちの子?」

「こちらへ」

伯爵夫人は振り向き、歩き出した。

竜舎を出て、パーソロンの入り口の方に向かっていった。

俺は伯爵夫人を追いかけて竜舎を出た――直後。

一人のドラゴンが見えた。

正直、サイズは小型種の中では大きい方――なのだが。

サイズはどうでもよかった。

一目見た瞬間、見惚《みと》れそうになったからだ。

「これは……」

『ほう、ラードーン種か。これはまた珍しいものを』

竜舎から首だけ出したクリスがそんな事を言った。

「ラードーン種って、あの？」

「さすが、ご存じなのですね」

クリスに聞き返した言葉だったが、それを伯爵夫人が拾って、会話のキャッチボールを持っていった。

「仰《おっしゃ》る通り、ラードーン種です」

「ラードーン種」

俺は感嘆しつつ、そのドラゴンを見た。

ラードーン種。

多くのドラゴンがその「力」を期待されて竜騎士に使役されている中、ラードーン種には珍しく、これといった力がない。

とはいえ、そこはドラゴンだ。人間や他の生物よりスペックは高い。

ただ、ドラゴンの中では大した力がない、というだけだ。

そのかわり、ラードーン種には他の種の追随を許さない特色がある。

それは——美しさだ。

目の前に佇《たたず》んでいるラードーン種のドラゴンは美しかった。

ドラゴン以外で美しさの代名詞ともなっているクジャクという鳥がいるが、そのクジャクでさえ、ラードーン種と比較すると醜いアヒルになってしまう。

それくらい美しい種なのだ、ラードーン種というのは。

そのラードーン種のドラゴンは、佇んだままじっとこっちを見ている。

「あっ……」

あまりの美しさに気付くのが遅くなったが、ラードーン種のドラゴンには首と四足に輪っかがついている。

首輪と足輪だ。

「如何《いかが》でしょう、うちの子は」

伯爵夫人が聞いてきた。

「え？　ああ……、その。はい、美しいです、とても」

「ふふ、そうでしょう。当家自慢の子ですのよ」

「当家、ですか」

「貴族はラードーン種を飼っている事が多いのです。ラードーン種の美しさが家の力の象徴とされる風潮もありますわ」

姫様が横から説明をしてくれた。

なるほど。

ラードーン種の事はまだよくわからないが、人間でもドラゴンでも一緒だ。

美しさを保つためにはかなりのコストがいる。

そのコストが家の力の象徴、という事か。

『くはははは、面白い風潮だ。成熟しきって靡爛《びらん》した文化にありがちな流れだな』

後ろでクリスが笑いながら感想を言っている。

伯爵夫人がいるから細かいところまでは聞き返せないが、何となく言いたい事はわかったからよしとした。

「えっと、この子がなんでしょう？」

「今まではリントヴルムにお願いしていましたの。この子の世話と、メンテナンスを」

「……なるほど」

メンテナンス、という言葉に引っかかりを覚えたが、流す事にした。

「それをかわりにお願いできませんか」

「なるほど」

俺は再び頷《うなず》いた。

そして、ちらっと姫様を見た。

姫様は笑顔で俺を見つめ返した。

なるほど、これなら組織力は関係なく、俺でもできる。

姫様の言う通り、結構な仕事を選んできたみたいだな。

俺は少し考えて、伯爵夫人に言った。

「少し、この子に触れさせていただいても？」

「そうですね」

伯爵夫人は姫様をちらっと見た。姫様は小さく頷いた。

「どうぞ、ご随意に」

姫様という担保で、快く承諾してくれた。

俺はラードーン種の子に近づいた。

そして、伯爵夫人には聞こえない程度の小声で話しかけた。

「俺の名前はシリル・ラローズ。お前は？」

『花瓶に、名などない』

「それは悲しい」

『……むぅ？』

「そう言いきってしまうお前の境遇が」

『言葉が、わかるのか？』

「ああ」

『くはははは、そやつは我の心友だ。人間にしては珍しくできた男だぞ』

後ろからクリスが援護射撃をしてくれた。

それを聞いて、ラードーン種の子は少し驚いた。

『そのような人間もいるのだな』

「話は聞いてたと思うけど、どうかな、俺がお前の世話を引き継いでもいいか？」

『それをこっちに聞くのか？』

「もしかしたらリントヴルムの方がいいかもしれないからな」

伯爵夫人のラードーン種なら、リントヴルムもかなり特別扱いをしてたはずだ。

虐待とか無理強いされてたとは考えにくくて、それ故に向こうの竜騎士と信頼関係を築けていた可能性もある。

その場合、姫様には悪いが、俺が無理矢理割り込まない方がいいかもしれない。

リントヴルムの事は気にくわないが、状況が状況だからそっとしておいた方がいい事もある。

だから聞いた。

それを聞いたラードーン種の子は、無表情のまま静かに答えた。

『どちらでもいい。所詮は繋《つな》がれた、籠の中の鳥よ』

「……繋がれたくないのか？」

『非力な種だ。繋がれる以外、生きる術《すべ》はない』

「……」

『それに、この縛《いまし》めはよほどの大型種でもない限りは解けまい』

「この首輪と足輪の事か」

ラードーン種は小さく頷いた。

俺は輪っかを見た。

ぼんやりと光っている事から、魔力的な効果のある首輪みたいだ。

それで繋がれている。そして諦めている。

「……」

俺は少し考えて、決めた。

「……変身」

つぶやき、姿を竜人に変える。

力が急速に消耗していくのを感じる。

「シリル様⁉」

驚く姫様。

説明する時間も惜しい。

俺はラードーン種につけられている首輪と足輪を無理矢理はずした。

竜人に変身した力で、それを無理矢理引きちぎったのだ。

輪っかとともに、魔力的な何かが砕け散る音がした。

「何をなさいますの」

伯爵夫人も驚き、声を上げた。

俺は変身を解いた。
そのままラードーン種と向き合う。
「これで自由に動けるな」
『……』
「やりたい事があったらやってみろ」
『――っ‼』
ラードーン種の子は飛び上がった。
美しい翼を広げて、大空に飛び立った。
空でぐるぐると旋回して、飛翔《ひしょう》した。
はしゃいでいる。
俺はそう感じた。
間違いない、はしゃいでいるのだ。
まるで野に放たれた馬のようなはしゃぎっぷりだ。
それを見て、俺は一つ確信した。
確信しつつ、空を見上げた。
「何をなさるのですか」

伯爵夫人が非難するような口調で言ってきた。

俺は空にいるラードーン種から伯爵夫人に視線を戻して、答える。

「すぐにおわかりになります」

「どういう事なのでしょう」

「シリル様を信じてみましょう」

横から姫様がフォローしてきた。

姫様が言うのなら――という感じで伯爵夫人は一旦引き下がった。

それから約三分くらい、ラードーン種の子は空ではしゃいだ後、地上に戻ってきた。

俺達の前に着陸した。

『ふう、楽しかった』

「それはよかった」

『感謝する、礼を言わなければならないな』

「気にするな。それよりも――美しいな、お前は」

『む?』

「どうでしょう、伯爵夫人」

俺は伯爵夫人に振り向いた。

伯爵夫人はラードーン種の子を見て驚いていた。

「こ、これは……」

「美しい、そう思いませんか」

「え、ええ。しかし――」

「ドラゴンは、鎖に繋いで部屋の中に閉じ込めておくものではありませんよ」

そこまで聞いてはいなかったが、部屋の中――というのはきっとそうなんだろうなと俺は確信していた。

だからそう言った。

「ドラゴンがもっとも美しく映えるのは部屋の中ではありません、外なのです」

「外……」

「なるほど！　さすがシリル様ですわ」

つぶやく伯爵夫人に、納得し感動する姫様。

「しかし……いえ」

また納得いかない様子の伯爵夫人だったが、佇《たたず》んでいるラードーン種の子を見て、言いかけた言葉を飲み込んだ。

当然である。

目の前にいるその子は、数分前に比べて遥《はる》かに美しくなっている。

「仰《おっしゃ》る通りなのでしょうね。きっと」

伯爵夫人は納得して、俺ににこりと微笑《ほほえ》んだ。

「さすが殿下のお眼鏡に適《かな》ったお方」

「恐縮です」

「今後も、長くお付き合いをお願いしたいですわ」

「ありがとうございます」

俺はそう言って、静かに頭を下げた。

どうやら、伯爵夫人は満足してくれたようだ。

48．大量移籍

「それでは、明日にでも契約金を届けさせるわ」

「契約金、ですか？」

「特定のギルドと継続してお付き合いをする時にそういった形を用いるのですわ」

「なるほど」

俺が不思議がっていると、姫様が横から説明してくれた。

それに頷《うなず》き、納得した。

俺は少し考えて、改めて伯爵夫人に視線を向けた。

「契約金よりも、一つお願いしたい事があるのですが」

「なんでしょう。なんでも言ってごらんなさい」

「ドラゴン達の食事、食材調達先の業者をご紹介していただきたい」

「食事？」

俺は伯爵夫人が飼っている、ラードーン種の子を見た。

最初に会ってから一目でわかるくらい血色がいい。

人間もドラゴンも、血色などの見た目は、食事によるところが大きい。

このラードーン種の子は、きっと普段からいいものを食べさせてもらってる——という事が容易に想像がつく。

「そんな事でよろしいの？」

「ええ。是非お願いします」

「それなら、近いうちに出入りしている業者に、こちらを訪ねるように言っておきますわ」

「ありがとうございます」

俺は深々と頭を下げた。

それで話が終わって、満足げな表情を浮かべた伯爵夫人は、ラードーン種の子に近づいていった。

近づき、手を伸ばして撫《な》でた。

空を飛べて満足したのか、ラードーン種の子は大人しく撫でられた。

それを眺める俺の横に、姫様が近づいてきて、ささやきかけてきた。

「シリル様、どうして夫人にそのような事をお頼みに？」

「俺のイメージが間違ってなければ、貴族って、犬猫を飼う時にかなり豪華な食事を与えているはずだ。猫かわいがりしてるのならなおさら」

「そう……かもしれませんわね」

姫様は曖昧に頷いた。

「それを紹介してもらって、みんなの口に合うのなら、今後はそれをみんなに用意しようかなって。メシの味は大事だ」

「……あっ、シリル様、ご自身の食事の件で」

「ああ」

俺は頷いた。

ハッとした姫様が気付いた通りだ。

竜人変身によって、俺は以前とは比べものにならない量のエネルギーが必要になった。

それで大量に食べないといけなくなったが、まずいものを大量に食べても――っていうのがここ数日間で思っていた事だ。

俺と同じで、みんなも食べるものは美味《おい》しいものの方がいいに違いない。

俺の事は解決の糸口も見えてないが、みんなの事はどうやら簡単にどうにかなりそうだ。

その事にちょっと満足した。

「……」

「うん？　どうしたジャ――姫様、俺の事をじっと見つめたりして」

「そこでもやっぱりドラゴン・ファーストなのですね。さすがですわ」

「そうか？　普通だろ？」

俺は微苦笑した。

姫様から褒められるのは嫌いじゃない。

だけど、これくらいの事だったら。

ドラゴンを大事にする程度の事は、褒められないくらい当たり前の世の中になってほしいもんだ。と俺はしみじみ思ったのだった。

☆

次の日、ボワルセルの街、その庁舎。

俺は呼び出されて、いつもの応接間の中でローズと向き合って座っていた。

俺とローズの二人っきり。

今日は姫様もドラゴン達も一緒じゃない。

「ごめんね、急に呼び出して」

「かまわないさ。また何かあったのか？」

「細かい事なんだけどね」

「細かい事？」

「うん、ドラゴン・ファーストに依頼が来てるんだ。名指しでね」

「へえ」

それは、ちょっと嬉《うれ》しいな。

竜騎士ギルドも他の商売と同じで、依頼主に満足してもらえればリピーターになるし、口コミが広がれば名指しでの依頼が舞い込んでくる。

それは今までやってきた事が認められたのと同じ意味だから、ローズの話を聞いて俺はちょっと嬉しくなった。

「ありがたい話だ」

「流れでシリルの専門窓口みたいな事になってるけどさ、あたしも鼻高々だよ」

「細かい事、って言ったけど。依頼が複数来てるって事なのか？」

「うん」

「なら、それを聞かせてくれ」

俺はローズにそう言った。

依頼の内容を聞いて、受けるかどうか、どう受けるかを決める事にした。

この依頼をちゃんとこなして、更に名声を高めて、リピーターを増やしていくのがいいだろう。

そう思って言ったのだが。

「少し待ってね、今リストを読み上げるから」

「ちょっと待て、リスト？」

「うん」

「リストって、なんの？」

「来てる依頼のリストだよ？」

ローズはきょとん、と小首を傾《かし》げて言ってきた。

「依頼のリスト？　……どれだけ来てるんだ？」

「えーと、数ならすぐにわかるよ」

ローズは立ち上がって、俺達の間にあるテーブルの、その下から一枚の紙を取り出した。

その紙を眺めて、読み上げる。

「討伐系が四十六件、収集系が九十七件、それから――」

「ま、待ってくれ。四十六ぅ？　九十七ぁ？」

「うん」

「どういう事だ？」

「どういう事もこういう事も……予想してなかったの？」

「え？」

どういう事だ？　って顔でローズを見る。

ローズは若干呆《あき》れたような顔をしながら俺に説明してくれた。

「シリルの所がリントヴルムから伯爵夫人との取引を奪った」

「……ああ」

「あっちこっちでその噂《うわさ》で持ちきりだよ。リントヴルムよりも頼りになるのか？　だったらドラゴン・ファーストに仕事を頼むか――って」

「……なるほど」

説明されるとなんて事はない、納得できるものだった。

つまり、伯爵夫人に引っ張られて、今までリントヴルムと取引をしてた人達がこっちに流れてきたのか。

姫様の打った一手が、俺の想像を遥《はる》かに超える追加効果をもたらしてくれていた。

49. ドラゴン・オリジン

「それで、依頼はどうする？」

「そうだな……」

俺は少し考えて、ローズに答えた。

「悪いけど、こんなに来てるんじゃ、仕事を選ばせてもらう事になる」

「うん、その方がいいね。もう昔のシリルじゃないんだ、自分を安売りする必要はないよ」

「いや、そういう事じゃないんだ」

「うん？　だったら、どういう事？」

「竜騎士ギルドに来る依頼だ、ドラゴンが動く事を前提にした依頼だろ」

「そうだね。まあ、こういう形だと『乗り遅れちゃいけない！』って感じで、そうじゃない依頼もあるんだけどね」

ローズは肩をすくめつつ、微苦笑しながら言った。

「そうなのか？」

「シリルとにかく繋がりを作りたいっていう依頼だよ。ドラゴンとは関係のない、名ばかりの依頼もそれなりに混ざってるはず」

「へえー」

そういう事もあるのか。

「シリルだって、駆け出しのころに、お貴族様の案件なら、たとえただ働きでも受けてたでしょ？」

「ああ……そういう事か」

俺は頷《うなず》き、納得した。

そういう話ならわかる。

実際、カトリーヌ嬢の一件は、他に比べて実入りが少なかったのにもかかわらず、俺はそれを受けたからな。

その場での報酬が少なくても、繋がりを作れるのなら引き受けていた。

つまり、あの時に見上げていたポジションに俺は辿《たど》り着いたわけか。

そう思うと――だいぶ感慨深いものを感じた。

「まあ、それはそうとして。普通はドラゴンに働かせるだろ」

「そうだね、普通はね」

俺が話を本筋に戻して、ローズが頷いた。

「うちは、片っ端から依頼を受けて、ドラゴンを酷使するのってあり得ないから」

「そういう事ね」

ローズはフッと笑った。

ギルドの立ち上げ、ドラゴン・ファーストの立ち上げにはローズが深く関わっている。

彼女がこの世で一番最初に俺のポリシーに触れた人間だ。

「シリルらしい理由だね」

「こだわりだから」

「理由はどうであれ、あたしも仕事を選ぶのには賛成だよ。どうする、何か選んでいく？

それとも一回は全部断ってもいいけど」

「内容を見せてもらってもいいか？」

「わかった」

ローズは立ち上がり、俺の背後にあるドアを開き、外に向かって呼びかけた。

そのまま、ドアを開けた状態を保った。

一分くらいして、開けたままのドアから一人の男が入ってきた。

男は紙の束を抱えていた。

その抱えている紙の束を俺の前のテーブルの上に置いた。

置いてから、ローズに聞く。

「いいんですか、細かい分類とかはまだですけど」

「うん、後はこっちにまかせて」

「わかりました」

男は頷き、部屋から出て行った。

見送ってドアを閉めたローズが改めて俺の前に座った。

「これが依頼書だよ。ちなみに今の間に二十七件も増えてたらしい」

「そうなのか」

俺は紙の束の一部を手に取った。

庁舎の掲示板でよく見る依頼書の形式になっているから、内容が見てすぐに把握できた。

大半はまともな依頼だけど、一部はローズの言う通り。

「本当にどうでもいい依頼も混ざってるんだな」

「ははは、それだけ人気者だって事だよ」

「こういう依頼はやめておく」

ギブアンドテイクでいうと、向こうから一方的なギブをもらうわけだから、まああんまりよろしくないだろう。

俺は、ちゃんとした依頼だけを抜き出して、それを見た。

「……うん？」

「どうした」

「これ……」

ぱっぱっぱっぱ——って感じで選別していた俺の手が止まった。

その一枚の依頼書を見つめた。

ローズが身を乗り出してその依頼書を覗《のぞ》き込んだ。

「崖から下りられなくなったドラゴンの仔の救出——珍しいね、子猫ならよくある話だけど」

「うん」

俺は頷いた。

たまに、崖とか木の上とか、そういった高所に上って下りられなくなった猫の救出という依頼がある。

人間だと上れない場所でも、飛行能力を持つドラゴンの種なら簡単にできる。

だから竜騎士にそういう依頼がよく来る。

報酬は大抵安いからみんなあまり受けたがらないけど。

この依頼もそうだった。

崖から下りられなくなった仔ドラゴンの救出、成功報酬はわずか5リールだ。

「これを受けさせてもらうよ」

「いいの？」

「子供のドラゴンが危険な目にあってるんだ、見過ごせない」

「とことんシリルらしいね」

ローズはそう言って、肩をすくめて笑った。

言葉は呆れてる人間が放つものだったけど、ローズの笑みはむしろ好意的なものだった。

☆

俺はルイーズと二人で、子供のドラゴンが下りられなくなった、とされる崖に向かった。

前に姫様を助けた辺りに近いから、早く駆けつけるためにも――という意味で近くまで行った事のあるルイーズと一緒に向かった。

ルイーズの背中に乗って、向かっていく。

『それで、また私が助ければいいんだね』

「それは状況次第だ。ルイーズで助けられたらルイーズにお願いするけど、難しかったら俺がやる」

『ゴシュジンサマ、できるの？』

「竜人に変身すればな。救出にはそんなに時間がかからないだろうから、パッと変身してパッと助ける、でいけるはずだ」

『そっか。そういえばどんな子なの？』

「それもルイーズを連れてきた理由の一つなんだけど。依頼人が詳しくないなりに伝えてきた特徴だと、たぶんバラウール種だと思うんだ」

『そっか。じゃあ助けないと』

心なしか、ルイーズは少しやる気を出したように見えた。

同種の子を助ける、という事でやる気が出たみたいだ。

ルイーズの背中に乗ったまま、すんなりと目的地にやってきた。

姫様が墜落した所から数十メートル程度しか離れていない場所だった。

崖の上に小さな出っ張りがあって、そこに遠目ながら小さい、ドラゴンっぽい何かが見える。

『震えてる……かわいそう』

「いけそうかルイーズ」

『うーん、足場がないし、小さいドラゴンだから暴れられると……』

「わかった、だったら俺がやる」

『ごめんなさいゴシュジンサマ……』

「気にするな、できる事はできる、できない事はできない。それを気に病む事はない」

『ありがとうゴシュジンサマ』

俺に言われて、少しだけほっとしたルイーズ。

俺は改めて、ドラゴンの子がいる方に向かった。

「……変身」

つぶやき、竜人の姿に変わる。

その瞬間からエネルギーが体から急速に失われていくのを感じるが――問題ない。

トン、と地面を蹴った。

一秒と経《た》たずに、数十メートル先の崖の上に飛び上がった。

そしてドラゴンの子が俺を認識する前に――暴れ出す前にひったくるようにして抱きか

かえた。
そして崖の壁面を蹴って、ルイーズが立っている所に戻ってくる。
その間、三秒とかからなかった。
『ゴシュジンサマすごい！　ほとんど何も見えなかった！』
「ふう……ありがとう」
俺は元の人間の姿に戻った。
わずか三秒とはいえ、結構なエネルギーを消耗した。
やっぱり多用はできないな、と思った。
俺は抱きかかえているドラゴンの子を地面に下ろした。
崖の上から一瞬で地上に。
ドラゴンの子は何が起きたのかわかってない様子で、ポカーンとしていた。
『大丈夫、どこか怪我《けが》はない？』
同種にだからか、ルイーズは普段に比べてやや優しげな口調で語りかけた。
『おねえちゃん……だれ？』
『私はね――あれ？』
名乗りかけたルイーズだったが、何かに気付いて止まった。

「どうしたルイーズ」

『この子、バラウールじゃない』

「なに？」

俺はパッとドラゴンの子を見た。

生まれたばかりのドラゴンの子は、まるで子犬くらいのサイズで、ちょこん、と座って俺達を見上げている。

ぱっと見、バラウールの子だが。

『この子、原種だよ』

「原種……って、あの⁉」

『うん、あの』

ルイーズは頷《うなず》いた。

俺はびっくりして、ドラゴンの子を見た。

竜騎士の元にいるドラゴンは、人間の手が加えられた――いわば「養殖」ものだ。

そしてもちろん、かつては人間の手に負えなかったドラゴン達もいた。

そういうドラゴンを「原種」と呼ぶ。

ごくごく稀《まれ》にいるけど、現存しているドラゴンの中で1万人に1人いるかどうかという珍しい存在だ。

『バラウール・オリジンだよ』

「バラウール・オリジン」

初めて見るドラゴンの原種は、可愛《かわい》らしく、きょとんとした顔で俺達を見つめ返していた。

50. 竜人強化

原種の子は俺とルイーズの間で視線を行き来させた後、俺の方に定めてきた。

ルイーズじゃなくて、俺をじっと見つめてきた。

「どうした？」

『もしかして、おとうさん？』

「え？　いや俺はただの人間――」

『どうして人間の姿してるの、おとうさん。さっきは違ったよね？』

「――むむ？」

ただの人間だからお前のお父さんじゃない――と言おうとしたが、原種の子の言葉に引っかかりを覚えて、首を傾《かし》げて見つめ返した。

「さっきはって……」

『ゴシュジンサマ、変身してる時の姿の事を言っているのかも』

「ああ……変身」

俺はつぶやき、竜人の姿に変身した。

するど、原種の子は『やっぱり！』と言って俺に飛びついてきた。

「おっとっと」

タックル気味の飛びつき。

俺は慌ててその子を抱き留めた。

『おとうさんだ！』

「むむ」

『あっ、また人間の姿になっちゃった』

エネルギー消費がキツいから一瞬だけで人間の姿に戻ると、原種の子はちょっとだけ落胆した。

『……まあいっかー』

一瞬だけ何か考えるような顔をしたが、すぐに「細かい事はいっか」という感じのおおらかさで受け入れていた。

「どういう事なんだろう」

『たぶん、生まれて初めて見るドラゴン的な存在だからだと思う』

「どういう事だルイーズ」

『私も別の子から聞いた話なんだけど、原種は私達と違って、人間の手で生まれていないから、生まれた直後に目にしたドラゴンを親だと思い込むらしいんだ』

「……インプリンティングか」

『ゴシュジンサマが助けた時の竜人の姿がその子にはそう見えたのかも』

「なるほど」

俺は小さく頷いた。

ドラゴンに限らず、そういう事が他の動物にもよくあるから、俺はすんなり納得した。

『でも……すごいよ、ゴシュジンサマ。オリジンの子が人間に懐《なつ》くなんて、よほどの事がない限りないのに。それを一瞬でだなんて』

「あー……まあなあ……」

原種が人間に懐かないのはその通りだ。

だから手を加えたドラゴンが現れてから竜騎士という職業も現れたんだ。

最初にドラゴンの繁殖に成功するまでは、ドラゴンは人間とはまるで別世界に生きていた。

そのころのドラゴンは今で言う「原種」だから、人間に懐かないのは当たり前だ。

俺は運がよかった。

竜人という姿に変身できて、竜人の姿で初めて原種の子の前に現れた。

それで原種の子にとっての「初めて見るドラゴン（っぽいもの）」になったわけだ。

納得しつつ原種の子を地面に下ろすと、そのまま体を俺の足に押し当ててきた。

子犬のような愛情表現が可愛らしかった。

『ねえゴシュジンサマ、その子どこで生まれたんだろ』

「うん？」

『他にもいるのかな』

「――なるほど！」

ルイーズに気付かされる形になった。

考えもしなかったが、確かにその可能性はある。

俺はしゃがみ込んで原種の子と視線の高さを合わせた。

「なあ、お前はどこで生まれたんだ？」

『どこで？』

「気付いたらどこにいたの？」

『あっちだよー』

そう言って、原種の子はパッと駆け出した。

「結構足速いな――ってめっちゃ速‼」

感心してる間に、原種の子はグングン加速していった。

地面を這《は》うようにして、ものすごい速さで走っていった。

目算だけど、ざっと馬の三倍のスピードはある。

『はあ……はあ……速い……』

追いかけているルイーズは早くも息があがった。

バラウール種はスタミナがあるけど、短距離は苦手なのだ。

「のはいいんだけど、あの子なんであんなに速いんだ？」

『お、オリジンの子は、私達と違って短距離が得意なの』

「む、そうなのか」

『そっちは人間にとって使い道がなかったから、私達みたいに改良されたの』

「……」

改良、という言葉に引っかかった俺。

『それよりもゴシュジンサマ、追いかけて。見失っちゃう』

「わかった、ルイーズは休んでて」

『うん！』

「変身」

俺は竜人の姿に変身した。

変身して全能力が跳ね上がった。

全力で駆け出して、原種の子を追いかけた。

竜人で跳ね上がった力でも、スピードはほぼほぼ同じくらいで、「置いていかれない」程度だった。

追いかけて、森の中に入った。

このままじゃまずい。

ルイーズはバラウール・オリジンが短距離に向いてると言っていたが、俺もある意味短距離走しかできないようなものだ。

どこまでついて行けばいいのかわからない、このままだとエネルギー切れで置いていかれかねない。

一旦呼び止めるか——となったその時。

目の前が開けた。

森が開けたそこは谷の中だった。

周りが崖に囲まれていて、真上から日差しが降り注いでいる。

まるで壺《つぼ》のような地形だった。

その地形の真ん中くらいの所に、原種の子が立ち止まって、俺の方に振り向いていた。

『ここだよおとうさん』

「そうか」

俺は少しほっとした。

エネルギー切れにならずにすんだ。

人間の姿に戻って、ゆっくり近づいていく。

そして、原種の子の横に立った。

「ああ……」

見下ろして、納得した。

そこに、上下にぱっかり割れた卵の殻があった。

サイズはこの子よりちょっと小さいくらい。

「この中から出てきたのか？」

『うん。おとうさんがいなかったから、探しに行った』

「そうか」

俺は卵の周りを見回した。

何かこの子に関する手がかりはないか、あるいは他にも卵はないか。

そう思って周りを見回して、探した。

すると、ツメのようなものが落ちているのを見つけた。

それを拾い上げて、まじまじと見つめる。

「これは……ああ、なるほど」

ちらっと原種の子を見た。

その子の足の爪と同じ形だった。

サイズだけが違うから、おそらくはこの子の本当の親の落とし物なんだろう。

『あれ？　おねえちゃんは？』

「ああ、お前が速すぎたから、途中で休んでる」

『ええ⁉　どうしよう、ごめんなさいおねえちゃん』

原種の子はそう言って、来た時よりも更に速いスピードで駆け出して、引き返していった。

あっという間に谷から出ていってしまった。

「追いかけるか」

エネルギーにあまり余裕はないが、そんなにカツカツでもない。

何かあったらまずいから、追いかけて目の届く範囲に置こう。

そう思って、「変身」とつぶやいた。

竜人の姿に再変身した——その直後。

俺が持っている、竜の爪が光った。

光を放った後、溶けて——俺の足元に集まった。

竜人姿になった俺の足にはそれなりの鋭い爪が生えていたが、持っていた原種の爪が溶け込んで、それと同じ形の爪になった。

「どういう事だ……？　む」

もしかして、と思い、俺は地面を蹴って駆け出した。

「——っ！」

驚愕《きょうがく》した。

一瞬でわかった。

原種の爪を取り込んだ俺の足は、さっきまでの倍の速度を出せていたのだ！

51．不死のシリル

速度は確かに、今までの最高速度、その更に倍くらいになっている。
平原を全力で疾走する馬の五倍、いや下手をすると十倍近い。
文句なしに速い——のだが。
「はあ……はあ……」
俺は立ち止まり、膝を押さえて息を荒らげた。
竜人変身がいつの間にか解けている。
これだ……。
スピードは確かに上がった、しかしエネルギーの消耗速度も更に上がった。
「はあ……はあ……そりゃ、そうだよなあ……」
ふう、と息を整えて、立ち上がる。
呼吸は落ち着いたが、全身の疲労感が半端《はんぱ》なくすごかった。
気を抜くと今にも倒れてしまいそうなくらい疲れている。

今日はもうダメだな。

どこかでがっつりメシでも食っていくか。

『おとうさん？』

顔を上げる。

駆けていった原種の子が戻ってきた。

その子は不思議そうな顔をしてとことこ戻ってくる。

竜人変身の俺と同等なくらい速いのに、走ってない時はとことことまるで子犬のように愛くるしい。

『どうしたのおとうさん』

「なんでもない」

『はあ……はあ……速いよ……。あっ、ゴシュジンサマ』

少し遅れて、ルイーズが姿を現した。

さっきと同じように息が上がっている。

「……はは」

俺は小さく噴き出した。

形は違うが、俺もルイーズも、この原種の子に振り回されたような形になった。

「あれ？」

俺は気付いた。

ルイーズが背中になにかを背負っている事に。

「ルイーズ、それはなんだ？」

『これ？　ゴシュジンサマのために狩ってきた』

ルイーズはそう言って、背中に背負ってるものを俺の目の前に落とした。

「クマ……か」

『うん！　ゴシュジンサマがたくさん変身したから』

「そうか。ありがとうなルイーズ」

俺はそう言って、ルイーズを撫《な》でた。

『えへへ……』

ルイーズははにかんで、喜んでくれた。

「……」

一瞬だけ、擬態でルイーズを人の姿にした。

エネルギーがほとんど尽きてるから、本当に一瞬だけだった。

案の定可愛《かわい》かった。

出会った時はとにかく「眠い」って言ってたルイーズが、褒められてこんなに嬉《うれ》しそうにするなんて。

そのギャップが可愛かった。

『おとうさん、ごはん？』

「え、ああ。お前も食べるか？」

『うん、おとうさんと一緒に食べる』

「よし、じゃあ火をおこそう」

『丸焼きの準備しとくね』

ルイーズはそう言って、近くにある丁度いい太さの木をへし折って、それでクマを口から尻まで貫通させた。

俺はその場で火をおこして、串刺しにしたクマを焼いていく。

料理じゃない、野宿のための「食糧」だ。

クマは無事に焼けて、俺と原種の子でそれを食べた。

ルイーズは食べなかった。

あくまで俺のエネルギー補充だとわかっているルイーズはむしろ。

『もう何頭か捕まえてこよっか』

と提案した。

「いや、いい。とりあえずの応急処置でいい。料理になってないものをたくさん食べるのはやっぱりつらい」

『そうなんだ……』

ルイーズは消沈した。

かわいそうだが、これはここしばらくの俺の課題だからどうしようもなかった。

食べられてエネルギーにはできても、下ごしらえも味つけもまともにしていない獣の丸焼きを二頭も食べられない。

とりあえず一頭、拠点パーソロンに戻れる程度のエネルギーさえ補充できればいい。

そう思ってクマを平らげた。

一時間足らずで、クマを完全に平らげられた。

そこそこ大きかったクマは、骨だけになって焚火《たきび》のそばに転がっていた。

「ごちそうさま。ありがとうルイーズ。助かった」

『えへへ』

「さて、エネルギー補充もできたし――」

言いかけて、固まってしまう俺。

地面に転がってる骨を見て、固まってしまった。

厳密には、骨と、俺の足。

それを交互に見て固まった。

『ゴシュジンサマ？　どうしたの』

「……ルイーズ、パーソロンに戻るぞ」

『え？　いいけど』

『おとうさん、どこにいくの？』

「ちょっと思い出した。お前もついてくるか？」

『うん！』

原種の子は大きく頷《うなず》いた。

名前をつけてやるべきだ、いつまでも「原種の子」じゃなんだし――とは、今の俺には
そこまで頭が回らなかった。

『急いでるの？　ゴシュジンサマ』

「ああ」

『じゃあ私の背中に乗って』

「頼む。お前も乗って」

『うん』

原種の子と二人で、ルイーズの背中に乗った。

ルイーズはそこそこの速さで駆け出した。

バラウール種。

短距離では原種にまったく勝てないが、パーソロンまでのそこそこ長い距離だと彼女の見せ場だ。

ルイーズはそこそこの速さで、まったく息切れせずに駆け抜けた。

あっという間にパーソロンに戻ってきた。

俺はルイーズの背中から飛び降りた。

竜舎の外で日向《ひなた》ぼっこをしていたクリスがこっちを見つけて、顔を向けてきた。

『おっ。帰ったか我が心友よ。——むっ？　心友よ、雰囲気が変わったようだが何かあったのか』

クリスがいるのは丁度いい。

そんなクリスに向かって言った。

「クリス、骨を貸してくれ」

『骨』

「ああ、そうだ」
俺ははっきりと頷いた。
骨。
クマの骨を見て、思い出した俺。
バラウール・オリジンの足の爪のようなものが、身近にもう一つある。
『我の骨の事か？』
「ああ」
そう。
フェニックスホーンだ。
『ふむ、なにやら面白そうな気配だな。いいだろう、少し待て』
クリスはそう言って、フェニックスホーンを用意してくれた。
前と同じように、不死の肉体を引きちぎって作ってくれた。
『これをどうするのだ？』
「たぶんいけるはずだ――変身」
俺はつぶやき、竜人の姿に変身した。
そして、クリスからフェニックスホーンを受け取る。

次の瞬間、バラウール・オリジンの爪の時と同じ現象が起きた。

フェニックスホーンを、竜人の肉体が取り込んだ！

『くはははは。ほう、ほうほうほう。これは面白い』

クリスがいつになく楽しげな顔をしていた。

そして――俺も感じた。

自分の手の平を見つめた。

「不死だ」

『で、あろうな』

興奮した。

自分の体から感じ取った。

フェニックスホーンを取り込んだ俺の肉体は、フェニックス種と同じ不死の特性を――。

その瞬間、俺の意識が途切れた。

☆

次に起きた時、仰向《あおむ》けで見えている空を背景に、ルイーズと原種の子の心配そうな顔が見えた。

『起きた！』

『おとうさん、だいじょうぶ？』

「ああ、大丈夫だ」

俺は体を起こした。

二人はちょっとどいてくれた。

体の調子をチェックする——うん。

問題ない、まったくもって問題ない。

「ただのエネルギー切れだな」

『くははは、そのようだな』

少し離れた所でクリスが楽しげに笑っていた。

「すごいな。クマ一頭分が一秒ともたないのか。しかも一瞬で気を失うまで消耗するとは」

俺は状況を完璧に把握していた。

竜人でフェニックスホーンを取り込んだ俺は、クリスと同じ不死の状態になった。

つまり竜人に変身している時は文字通りの不死、無敵だ。

しかしそれは今までの——。

「十倍くらいはエネルギーを消耗するな」

『くははは。まあ、我の力だしな』

クリスは大笑いした。

俺も「そうだな」と納得した。

フェニックスホーンを取り込んだ力、完全に無敵な力。

そのかわりに今までとは比べものにならない量のエネルギーを使う。

クマ一頭で一秒って事は、普通に一ヶ月分くらいのメシを食ってようやく十秒動けるかってところかな。

文句なしに強い、しかも不死で無敵。

そのかわり燃費が死ぬほど悪い。

「わかりやすいな」

『くはははは、そうだな』

笑うクリス、ほっとしているルイーズと原種の子。

俺は——興奮し出した。

エネルギーさえ確保できれば、文字通りの無敵で最強になれるこの力。

希望に満ち溢《あふ》れたこの力に、俺はものすごくわくわくし出すのだった。

52. ワンパンするしかなかった

拠点パーソロン、竜舎前の広場。

その広場で、俺はルイーズと向き合っていた。

距離を十メートルくらい開けて、まるで今から決闘を始めるかのような感じで「対峙《たいじ》」している。

そんな俺達を、クリスと、この前キメラ・ドラゴンから生まれた新種の子・シャネルと、ようやく名前を付けた原種の子・レアとの三人が横で見守っている形だ。

『本当にいいの？　ゴシュジンサマ』

「ああ、やってくれ」

『でも……』

『くはははは、遠慮なくズバッとやってやれ。なあに、お前が何をしようとも、我が心友にとっては甘噛《あまが》みにしかならんよ』

『それもそっか……』

クリスの言葉に納得するルイーズ。
それはそれでどうなのか、と思わなくもないが。
何はともあれ、直前まで迷っていたルイーズの目が、覚悟を決めた者のそれになった。
『いくよ』
「ああ」
頷くと、ルイーズはカッと目を見開いた。
そして顔の前に意識を集中させて、二つの光点を生み出す。
「な、何をしているのですか⁉」
声の方を向くと、そこには姫様がいた。
姫様はパーソロンに来る時の定番、一人で馬に乗って現れた。
その馬の上で、俺達を見てびっくりしている。
すでにもう止められる段階じゃなかった。
ルイーズの光球がビームになって、俺の腹を貫いた。
「きゃあああああ⁉　し、シリル様⁉」
耳をつんざく黄色い悲鳴。
今にも落馬しそうな勢いで取り乱す姫様。

「ぐっ……変身！」

俺は竜人に変身した。

竜人になって、急速にエネルギーが減っていくのを感じる。

その一方で、腹の痛みが一瞬で消えた。

視線を落とすと、ルイーズのビームで貫通した腹の二つの穴が、綺麗《きれい》さっぱり消えていた。

☆

「というわけで、竜人形態の力のチェックだ」

「そ、そうでしたの……よかった……」

人間の姿に戻った後、姫様――ジャンヌの姿になった彼女に事情を説明した。

フェニックスホーンを取り込んだ竜人姿の力のチェックだと聞くと、ジャンヌはほっと胸を撫《な》で下ろした。

「本当にもう傷も残ってないのですね」

「ああ」

俺は頷《うなず》き、自分の腹をさすった。

間違いなくルイーズのビームに貫通された腹だが、かさぶた一つなく完全に穴が塞がっている。

「竜人の姿の時は無敵で、不死で……人間の時に怪我《けが》をしてたら竜人になれば一瞬で治るみたいだ」

「一瞬で……それはすごいです」

「無敵で不死なのもそうだけど、実質、完全回復魔法のように使えるな」

『ゴシュジンサマ……私の力はもういらなくなっちゃった？』

「いやそんな事はない」

俺はルイーズにはっきりと言い切った。

「竜人の時はますますエネルギーを消耗するようになった。今の間、わずか一秒くらいの変身だけど、昨夜食べたもののエネルギーをもう完全に使い切ってしまった。ちょっとした怪我程度なら、ルイーズとの契約での『寝て治す』方を使った方がいい」

『そうなんだ……よかった』

見るからにほっとするルイーズ。

彼女を少し宥《なだ》める意味合いもあるが、実際のところその通りだ。

竜人変身は超大量のエネルギーを使って一瞬で治す。

ルイーズとの契約はエネルギーを使わないで寝てゆっくり治す。

普段は後者の方を使っていく事になると思う。

なんでもかんでも竜人変身を使ってたらエネルギーが溜《た》まらない。

「ますます、エネルギー事情を早く何とかしないといけないな。そのためにも美味《おい》しいご飯が必要なんだが」

「あっ、今日来たのはそれです」

「うん？　どういう事だ、ジャンヌ」

擬態で姿を変えたジャンヌの方を向いた。

「城の書庫で色々調べてみたのですが、面白い調味料がある事がわかったのです」

「面白い調味料？」

「はい。アルカンシエルという調味料です」

「初めて聞く名前だな」

「すごく扱いが難しいので、普通の料理人は決して使わないそうです」

「へえ。もっとよく教えてくれ」

俺は俄然《がぜん》興味を持ち始めた。

普通の料理人は決して使わない、でもわざわざその事を俺に教えに来るジャンヌ。

間違いなく何かがあると思った。

「それ自体、例えばそのまま舐《な》めてみると塩と同じ味でしかないのですが、食材に使うと、その食材とドンドン馴染《なじ》んでいって、時間が経《た》つごとに味が変わっていくのです」

「変わるのか」

「はい。それでついたあだ名が虹色の塩、アルカンシエル。……でも、味がいつどう変わるのかまったく予測がつかないのです。絶対に変わる、くらいしか」

「なるほど、そりゃ普通の料理人は絶対に使わないな」

作ってる最中の味がよくても、テーブルまで運ぶ間に味が変わってしまうかもしれないもんな。

そりゃ、使えないわ。

「今のシリル様にぴったりだと思います。新しい、信頼できる料理人を見つけるまで」

「……確かに」

俺はここ数回、エネルギー切れになるたびの補充の仕方を思い出した。

ほとんどが、大型の野獣を狩ってそれを丸焼きして一頭丸ごと——って感じだ。

わかりやすく大量にエネルギー補充をするとなると、それが一番手っ取り早い。

料理人を見つけるまでそのスタイルは変わらないと思う。

そして、それでは毎回最後の方には飽き飽きしてくる。

同じ味が続けばそうもなる。

だが、そこにもし。

その「アルカンシエル」があれば。

「うん、確かにぴったりだ」

俺は頷き、ジャンヌの手を取った。

手を取って、まっすぐ瞳を覗《のぞ》き込むような形で。

「ありがとうジャンヌ、ナイスな情報だ」

と、お礼を言った。

「そ、そんな……。シリル様のお役に立ててよかったです」

ジャンヌは頬を染めて、嬉《うれ》しそうにはにかんだ。

「そのアルカンシエルはどこに行けば買えるんだ?」

「それが……料理人が使わない物ですので、自力で採取するしか……。あるいは竜騎士ギルドに依頼をするしか」

「そりゃそうだ」

俺はあははと笑った。

世の中はとことん供給と需要で成り立ってるもんだ。

みんなが使わない、俺のような超限定された状況でしか使わないような物が店で買えるわけがない。

自分で採取するしかないのはむしろ聞く前に気付くべき事だったな、うん。

「場所は知ってるのか？」

「はい。ちゃんと聞いてきました」

「わかった、じゃあ明日出発だ」

「はい！」

☆

次の日、俺はジャンヌとコレットと一緒に、拠点パーソロンを発《た》った。

今回の目的はアルカンシエルの採取だ。

採取という事は、大量に物の運搬をするという事でもある。

だから、運搬に向いたムシュフシュ種のコレットを同行させた。

ジャンヌが馬に乗って、コレットがその横を歩いて、俺がコレットの上に乗って、果物をむしゃむしゃ食べていた。

竜人変身ができるようになってからというもの、大量にエネルギーを使うようになって、俺は時間さえあれば何かしら食べるようにしている。

今もそうだ。

かじっているリンゴが芯だけになったから、野原のその辺に捨てて、コレットに言った。

「コレット、おかわりを頼む」

『わかった』

コレットは素直に応じて、腹の中から今度はバナナを一房出してくれた。

コレットの腹の中には大量の果物が入っている。

帰りはアルカンシエル満載になるだろうが、行きは彼女の腹の中に食料を入れて、道中でゆっくり食べる事にしたのだ。

「あっ……」

「どうしたジャンヌ」

「今のバナナ、コレットの唇に触れてました」

「唇に？　それがどうしたんだ？」

「まるで間接キ――い、いえ。コレットはドラゴンですから、なんでもないです」

「ドラゴンだから？」

どういう事なんだろうと思った。

だが、ジャンヌはばつの悪そうな顔で横を向いてしまったので、聞くような空気ではなかった。

「それよりも、シリル様はやっぱりすごい人です」

「今度はなんだ？」

「ムシュフシュ種の腹から出した食べ物をまったく躊躇《ちゅうちょ》なく食べられるのですから」

「ムシュフシュ種の子の胃袋には胃液とかがないから綺麗だぞ」

「はい、それはわかります。でも、そうは言っても……というのが普通ですから」

「そうなのか」

「まったく気にもしないのはすごい事だと思います」

言いたい事はわかるような、わからないような、って感じだ。

ムシュフシュ種の特性を知らなきゃそうなんだろうけど、知ってたら躊躇する必要とかまったくないと思うんだけどな。

『おかわり、いる？』

「え？　ああ頼む」

気が付いたら俺はバナナを一房完食していた。

それを見てコレットの方から聞いてくれた。

もちろんエネルギー補給はまだまだしなきゃいけないから、俺はコレットにおかわりを頼んだ。

彼女の胃袋の中にはまだまだ色々な種類の果物が入っている。

次は何が出てくるのかな、とわくわくしていると。

『────ぉぉぉ……』

「むっ？」

遠くから、風の音に乗って声が聞こえてきた。

「これは……」

「どうしたのですかシリル様」

「なんか聞こえる」

「え？」

『────ぐおぉぉぉ……』

「本当だ、風の音でしょうか」

「いや、これは自然が発している環境音じゃない」

俺は少し考えて、コレットから飛び降りて、声の方に向かって駆け出した。

「あっ！　シリル様！」

『ちょっと待ってよ』

二人は後ろから追いかけてきた。

一緒になって、数分ほど声を追いかけていくと――いた。

一人の女が、一人のドラゴンにまたがっていた。

ドラゴンはナーガ種。

小型で戦闘向きだが、エマとは違って「人間を乗せて戦う」事に特化した種だ。

初めて、人間が繁殖に成功した種でもある。

ナーガ種に乗って戦う事から、今の「ドラゴンを使役する者達」が竜騎士と呼ばれるようになった。

そのナーガ種に乗った女はモンスターを相手に苦戦していた。

自分とナーガ種より一回り大きい、石の巨人。

ゴーレムという名のモンスターだ。

それに苦戦して、押されて、すでに共にボロボロになっている。

「大変です、どうしましょうシリル様」

「任せろ――変身」

俺はつぶやき、竜人の姿に変わった。

変身して、地を蹴って突進。

その勢いでゴーレムにタックルする。

二階建ての建物くらい高いゴーレムの腰のあたりに突撃して——へし折った。

岩のような体を、紙のように突き破った。

「——っ！　ふぅ……」

着地するなり、俺は人間の姿に戻った。

背後でゴーレムが崩れ落ちる音が聞こえた。

ワンパン——一撃で沈めるしかなかった。

今の一瞬だけで、出発してから食べた果物の分全部、昨夜に食べたものの半分のエネルギーを使ってしまった。

長期戦や様子見なんてできないので、一撃で倒すしかなかった。

「ば、ばかな……人間が……ゴーレムを一撃で？」

一方で、ゴーレムに苦戦していた女の「竜騎士」は、俺を見て驚愕《きょうがく》していたのだった。

53. 素でも強い

「ロザリー・レーヌという」

「シリル・ラローズ、こっちは仲間のジャンヌだ」

ドラゴンから飛び降りた女の竜騎士と自己紹介を互いにして、握手を交わした。

「シリル・ラローズ⁉　それってもしかして、ドラゴン・ファーストの？」

「知ってるのか？」

「もちろんだ！　今一番波に乗ってる有名なギルドじゃないか。まさか助けられたのがドラゴン・ファーストのシリル・ラローズだとは。感激だ……」

「お、おう」

ロザリーの勢いに圧倒された。

助けられた直後はさほどでもなかったのに、名乗った瞬間に態度が一変した。

まるで俺のファン——と言わんばかりのテンションだ。

それを見たジャンヌが何故《なぜ》か上機嫌で、満足げな表情をしていた。

そのジャンヌを見て、ロザリーは更に感心した。

「噂《うわさ》に違《たが》わぬ素晴らしいギルドのようだ、ドラゴン・ファーストは。馬まで特別だとは」

「馬？」

俺はジャンヌの方を見た。

彼女が乗っている馬――何が特別なんだ？

「ああ、ドラゴンをまったく怖がらない馬はそうそういない。よほどちゃんとした調教師がついているのだな」

「ああ……」

なるほどそうか、と俺は納得した。

ロザリーの言う通りだ。

ドラゴンを怖がらない馬は少ない。

その馬はジャンヌ――姫様の私物で、ドラゴン・ファーストとして行動したいために連れてきた馬だ。

姫様の馬なんだから、そりゃただものじゃないに決まってるな。

「さすがだ」

「それよりも――」

なんだかむずがゆくなってきたから、俺は話題を変えた。

「――今どきクラシックスタイルとは珍しいな」

「え？　ああ、昔からこのスタイルでな。そのせいで一人ギルドだ」

「ああ、そうなのか」

俺は小さく頷《うなず》き、納得してしまった。

クラシックスタイルというのは、ドラゴンに乗る「竜騎士」のスタイルの事をいう。

本来の意味での竜騎士だが、竜騎士ギルドがやれる事が多様化していった今の世の中だと、クラシックスタイルでできる事は極端に少ない。

戦いで先陣を切るとか、手紙や軽い荷物を運んだりするとか。

それくらいの事しかできないのだ。

きっと大変なんだろうな、と容易に想像できた。

「失敗しようがない討伐の仕事を受けてきたんだが、偶然ゴーレムに捕まってしまってな。本当、助けてくれてありがとう、感謝する」

ロザリーに改めてお礼を言われた。

人助けしてお礼を言われる。

目的外のところで、ちょっとだけ嬉《うれ》しい出来事だった。

☆

ロザリーと別れて、再び目的地に向かって歩き出す。

「立派な竜騎士でしたね。乗っている姿がまさに人竜一体、宮殿で雇いたいくらいです」

「うーん、それはどうだろうか」

「なにか気がかりな事が？」

「ロザリーは確かに立派だけど、ドラゴンの方がな」

「ドラゴンですか？」

「ああ……」

俺は眉をひそめ、苦笑いした。

「俺達と話してる最中も、あのドラゴンずっと『はあ……はあ……ロザリー、早く背中に戻って』って言ってたし」

「へ、変質者じゃないですか」

「まあ、そういうヤツも多いから。俺も――」

『あ、あたしは違うわよ』

「え？」

俺とコレット、二人で同時にきょとんとなった。

なんでいきなり主張してきたんだろう。

「いやコレットの事じゃなくて、前にレンタルした貸し竜屋のワイバーン種の子の事だけど」

『──っ⁉』

コレットは言葉に詰まった。はっきり表情が変わり、肌が赤くなった。

「なんで自分の事だと──」

『か、勘違いよ！』

「いや──」

『か・ん・ち・が・い』

「そ、そうか？」

コレットの剣幕に押し切られた。

まあ、いっか。

☆

数時間くらい歩いて、湖の畔《ほとり》にやってきた。

湖面がピンク色の湖だ。

それだけじゃない、湖の周りに虹色の結晶が至る所にある。

「ここがそうなのか」

「はい、ガーレッド湖、です」

「なるほど……で、あれがそうなのか？」

「はい、あの結晶がアルカンシエルです。湖の中に含まれている成分が水位の変化で徐々に結晶化したのがそれです」

「なるほど」

俺は頷いた。

これだけあれば、と思った。

『じゃあ、あたし採ってくるね』

「手伝いは――」

『いらない、普段からやってるし』

コレットはそう言って、結晶に向かって歩き出した。

確かに、普段から採鉱をしてる彼女には楽な仕事だろう。

「だったら、こっちはその塩がどんなものか試すために何か獣を狩っとくか」

「そうですね――あ、あそこ」

「む――イノシシか」

「丁度いいかもしれませんね」

「ああ」

俺は頷き、歩き出した。

イノシシは後ずさった。

俺は手を突き出して、炎弾を撃った。

それはイノシシの背後に向かっていった。

背後の地面が炎上し、炎の壁ができた。

イノシシは炎の壁に退路を断たれた。

そして――叫び声とともに突進してきた。

「シリル様！」

「――ふっ！」

俺は突進してきたイノシシの首を抱えて、その勢いのままへし折った。

首をへし折られたイノシシはしばらく痙攣《けいれん》して、動かなくなった。

「よし、後は捌《さば》くだけだ――」

「すごい！」

「え？」

ジャンヌの方を見た。

彼女は何故か、目を輝かせていた。

「どうしたいきなり」

「すごいですシリル様！　シリル様、変身していない状態でも強くなっていませんか？」

「え？　……あっ」

俺は自分の手の平と、素手で倒したイノシシを交互に見つめた。

「そう、かも」

あまり実感はなかったし、地味な倒し方になったけど。

竜人状態に引っ張られたかもしれない。

俺は、素の状態でも身体能力がかなり上がっていたのだ。

54．みんなを守るための

夜、俺達はガーレッド湖の畔で野宿をした。

焚火《たきび》をして、それを囲む。

俺とジャンヌが焚火のそばで向かい合って座って、コレットとジャンヌの馬が少し離れた所にいる、そんな形だ。

俺は火をおこして焼いたイノシシを食べていた。

「どうですかシリル様」

「いいな、このアルカンシエル。これなら今までの倍は食べられるようになりそうだ」

「本当ですか⁉」

自分が勧めたという事もあってか、俺がアルカンシエルを気に入ったと言うと、ジャンヌは嬉しがった。

「ああ、食べるごとに味が変わるのってすごいと思う。店とかには不向きだけど、そのかわり今の俺にはすごく向いてる」

「よかった……」

「大食いの時、味が変われば結構いけるってのは予想してたけど、アルカンシエルのこの味の変わり方はいい。本当に倍はいける」

俺は頷き、イノシシを貪った。

ジャンヌもコレットも少しは食べたが、ジャンヌは元々小食な女の子だし、コレットはエネルギーを蓄える必要がないから普段通りの分だけを食べた。

馬に至っては肉食じゃなくて草食だから、こっちには手をつけなかった。

その結果、俺が一人でイノシシの三分の二を食べた。

「それにしても」

俺はイノシシのあばら骨を焼いたところ——店だとスペアリブとして出てくる部位をアルカンシエルをまぶして、しゃぶりながら言った。

「確かに身体能力も上がってる。竜人形態に比べると微々たるもので誤差レベルだが、間違いなく上がってる」

『微々たるものって、どれくらい上がってるの？』

コレットが興味津々《きょうみしんしん》という感じで聞いてきた。

「そうだな……子供が大人になった、くらいの差かな」

『？？？　よくわかんない』

「……人間の枠組みを逸脱してない、という事なのでしょうか」

「そうそれ。ナイス解説、さすがジャンヌだ」

「いえ……ありがとうございます……」

ジャンヌははにかんで嬉《うれ》しそうにした。

『ふーん、そうなんだ』

「あくまでオマケ程度って思った方がいいかもな。まあ、エネルギー消費とは関係なしに能力が上がるのはそれだけでありがたい」

『だったらもっと竜人の姿の力を上げていけばいいじゃん？　そしたらチリツモでしょ』

「どうやらそうもいかないみたいなんだよな」

『なんで？』

「あの後ルイーズやエマに協力してもらって、皮膚とか爪とかをもらったけど、体に取り込めなかった」

『なんで？』

「あくまで推測なんだけど……バラウール・オリジンの爪はいわば遺体だ。フェニックスホーンは不死のクリスの体だ。命とか魂とか、その辺の細かい考察は必要だけど、ドラゴンのそういうものに関わってるんだと思う」

『ふーん。……じゃああたしのでもダメなんだ』

「そう思う」

『……そう』

頷《うなず》いたコレットだが、何故《なぜ》か残念がってそうだ。

なんで、って思っているところに。

「あの、シリル様。コレットちゃんとのやり取りですから半分くらいしかわかりませんでしたが、ドラゴンの遺品があればいいのですか？」

「今のところ、俺の推測だけど、そうだ」

「では、いくつかご用意しましょうか」

「え？」

「そういうものはたくさんありますから」

ジャンヌはあっけらかんと言い放った。

「……あっ、そっか。ジャンヌは姫様だもんな」

「はい、宝物庫にあります。というより」

「え？」

「これもそうです」

ジャンヌはそう言って、身につけているペンダントをはずして、俺に見せるように差し出した。

ペンダントは銀で作られたものらしく、ペンダントトップだけ普通と違っていた。

「なんだろ……宝石、のようでそうじゃないな」

「ミズチ種の鱗《うろこ》です」

「ミズチ種……聞いた事ないな」

俺は首をひねって頭の中にある引き出しから知識を探したが、見つからなかった。

「すごく珍しい種です。幻竜種の一種とも言われてます」

「なるほど」

「その鱗を加工して身につけると、防御結界を発現する装備になるんです」

「へえ」

「以前は馬車にも使っていました」

「……ああ、あれか！」

俺はハッとした。

初めてジャンヌ——姫様と出会った時、彼女は馬車に守られていた。

転落して、周りの護衛が全員死んで、馬車も壊れてたけど、中にいる姫様は無事だった。

「はい！　シリル様と出会った時です」

ジャンヌは嬉しそうに、興奮気味に言った。

「その時と同じものを、ペンダントにして身につけています」

「なるほど」

「どうぞ、これを使ってください」

「え？　いやしかし、それはジャンヌの身を守るものだろ」

「大丈夫です」

ジャンヌは真顔で言い切った。

「今はシリル様のお側《そば》ですから、こんなものがなくても絶対に安全ですから」

「……そうか、わかった。もらうよ」

信頼してくれた事は嬉しかった。

何かがあったら何があっても守らないと、と決意しつつ、ジャンヌからペンダントを受け取る。

深呼吸して、ペンダントトップ――ミズチの鱗に触れた。

今までのと同じ現象が起きた。

ミズチの鱗が、俺の胸元に吸い込まれた。

時間にしてわずか数秒、ペンダントは「ガワ」だけが残った。

『どうなのよ?』

「どうですかシリル様?」

コレットとジャンヌ、二人が同時に聞いてきた。

「……ん?」

「どうしたんですか?」

「……焼いているイノシシの匂いが、消えた?」

「匂い、ですか?」

「これはたぶん——」

俺はそう言い、立ち上がった。

二人からちょっと距離を取った。

そして、構えて——つぶやく。

「変身」

次の瞬間、竜人の姿になった。

すると、俺を中心にして、二人や馬を包み込むように、地面が円の形でえぐれた。

そして、一瞬にして人間の姿に戻った。

「くっ」

それでもダメだった。

また「増えた」せいで、この一瞬の竜人変身だけでエネルギーを、立ちくらみが起きるほど使い切ってしまった。

「シリル様⁉」

「大丈夫、エネルギー切れだから」

「そ、そうですか」

『それよりも、今のなに』

「ああ……シールド、バリア、障壁……呼び方は色々あるだろうけど、そういうものだ」

俺は地面のエグれを見た。

シールドの広さは、余裕で彼女達全員を守れる大きさだ。

そして、食べていたイノシシの匂いが消えたのは、人間の状態でも、周囲の空間をある程度遮断できるからだろうなと思った。

「たぶん、竜人形態で展開すると、あらゆるものからみんなを守れるようになる」

「さすがです、シリル様！」

俺が言うと、普段からミズチの鱗を使ってその力を体感していたジャンヌが、真っ先にそう言って興奮し出したのだった。

55．人類最強の男

拠点パーソロン。

戻ってきた俺は、大食いをしていた。

元荘園《しょうえん》の無駄に広い屋外スペースを使って、バーベキューをしていた。

積み上げた岩の上に網を載せて、その下で火をおこすという簡易的なものだ。

その網で、際限なく肉を焼いていく。

厚さ二センチはあるステーキ肉をとにかく並べて、焼いて、食べていく。

「シリル様、すべてにアルカンシエルを振りかけていいのですか？」

「もぐもぐ……ああ、それで頼む」

「はい！」

俺のサポートに精を出すジャンヌ。

網の上の肉にゲットしてきた虹味の調味料アルカンシエルをかけていく。

ジャンヌがかけて、エマ、シャネル、レアらが肉をひっくり返す。

丁度いい焼き加減になったところで俺の元に運んでくる。

俺はひたすら、運ばれてくる肉を喰《く》らい続けた。

まずはエネルギー、とにかくエネルギー。

次のテストの為《ため》に、エネルギーを蓄える為に喰らい続けた。

☆

「ふう……ごちそうさま」

半日くらいして、用意した牛二頭分くらいの肉をぺろりと平らげた。

「すごいですシリル様……あんなにあったお肉を一人で食べ切ってしまうなんて」

「アルカンシエルがよかった。あれのおかげで味に飽きないで最後まで食べ続けられた。

ありがとうジャンヌ、あれを教えてくれて」

「よかった……シリル様のお役に立てました」

ジャンヌは頬を染めて、嬉《うれ》しそうにはにかんだ。

『ねえ、これでいいの?』

一方、離れた所からコレットが聞いてきた。

視線をそっちに向けると、コレットの横に土でできた「人形」が二つあった。

サイズは大人の人間とほとんど同じくらい。

一応ギリギリで「人の形」をしていて、遠目からだったら人間——いやカカシくらいには見える程度の土人形だ。

それは、俺が注文したものだ。

「ああ、ばっちりだ。どうやって作ったんだ？」

『簡単だよ。土を飲み込んで、胃袋をぎゅっ！　って絞った』

コレットはそう言いながら、前足二本を人間の両手のように、何かを握り潰すような仕草をした。

「粘土みたいな感じか」

『そうかもね。それで固めて吐き出したらこうなった』

「へえ、やるもんだな。こんな特技があるなんて知らなかった」

『ふ、ふん。こんなの朝飯前よ』

コレットはそう言ったが、顔は嬉しそうにしていた。

『ゴシュジンサマ、それをどうするの？』

「ちょっとしたテストさ。みんなは離れててくれ。ジャンヌもだ」

「はい」

『わかった』

『しょうがないわね』

俺に言われた通り、人竜ともにほとんどが俺から離れたが。

『おとうさん、なにをするの？』

原種の子レアだけが、俺のそばから離れないで、足元で見上げて、聞いてきた。

俺はしゃがんで、頭を撫《な》でる。

「ちょっとしたテストだ。レアはいい子だからみんなとそっちで待ってな」

『うん、わかった』

俺に撫でられたレアは、嬉しそうに笑って、バタバタとみんながいる方に駆けていった。

それを視線で追いかけると、何故《なぜ》かコレットがブスッとしているのが見えた。

さっきまで得意げにしていたのに、なんでだ？

「どうしたコレット」

『え？　な、なんでもないわよ』

『くはははは、すこしわがままを言った方が心友に撫でてもらえたのかもな』

『――っ！　がぶっっ‼』

少し離れた所で、文字通り高見の見物モードだったクリス。

そんなクリスのからかい混じりの言葉を聞くや否《いな》や、コレットはものすごい踏み込みで迫って、噛《か》みついた。

無論フェニックス種のクリスには何のダメージもなく、見慣れた二人がじゃれ合う光景だ。

見慣れた光景なのはいいが。

「コレット、悪いがそれは後にしてくれ。クリス、頼む」

『くはははは、問題ないぞ心友。我ほどともなれば噛みつかれていても「それ」くらいできる』

「そうか、じゃあ頼む」

『うむ、では行くぞ』

「ああ」

俺はそう言い、頷《うなず》いた。

次の瞬間、クリスが口を開いた。

口から渦巻く炎を吐いてきた。

炎は、俺に向かって飛んできた。

「シリル様⁉」

『ゴシュジンサマ⁉』

『――っ！』

クリスがいきなり俺を攻撃してきた事に、その場に居合わせたほとんどの者達が驚き、声を上げた。

「……変身」

俺はつぶやき、竜人に変身した。

変身して、ミズチの鱗《うろこ》を取り込んだバリアを展開。

そのバリアで、クリスの炎を弾《はじ》いた。

「……くっ」

一瞬で、牛二頭分のエネルギーを半分以上使った。

慌てて竜人の変身を解く。

「ふう……よし、成功だな」

竜人変身を解いた俺、周りを見て、満足した。

俺の周りにある二つの土人形、コレットが作ったデコイは無事だった。

竜人のバリアでそれを守った。

バリアの範囲外は一瞬で地面が溶けて、軽く溶岩化している。

「これでちゃんと守れる所もテストできた。ありがとうクリス、ありがとうコレット」

『くははは、なんのなんの』

クリスは上機嫌に大笑いした。

「そういう事だったのですね」

一方、驚きから立ち直り、状況を飲み込めたジャンヌが言ってきた。

今すぐに俺に駆け寄りたいって顔だが、地面がまだほとんど溶岩化したままだから、近くに来れなかった。

ジャンヌは、感動した目で俺を見つめた。

「さすがシリル様です。ご自分の時は危険を顧みずになさるのに、こういう時は私達に危険を押しつけない……感動しました」

「ん？　ああ、まあ、そりゃそうだろ」

今までの実験を知っているジャンヌならではの感想だ。

別に、土人形じゃなくても大丈夫だったはずだ。

ミズチバリアの効力はなんとなく体感としてわかってるから、土人形じゃなくて仲間の誰かでもよかったのだが、それはさすがに少し心配だったので土人形にしてもらった。

『しかし、凄《すさ》まじいな心友よ』

「え？」

『我は長い年月の中、数億万という人間を見てきたが。今の心友は間違いなく人類最強だ』

「そうか」

『すごいゴシュジンサマ‼』

クリスの評価は嬉しかった。

嬉しかったが……それは一瞬だけだった。

「いくら最強でもなあ……こうもエネルギー消耗がひどいんじゃ」

「そんなにですか？」

「ああ、今までで一番エネルギーを溜《た》めてた状態でも、三秒と持たないだろう」

「三秒……」

ジャンヌは眉をひそめた。

当たり前の感想だ。

いくら最強でも、三秒じゃなあ。

「できれば三分、最低でも三十秒はないと実戦では使い物にならないな」

『エネルギーの貯蔵と大量摂取が次なる課題だな』

「ああ」

俺はクリスの言葉に頷いた。

まさにそれだ。

アルカンシエルで前よりは飽きずに食べ物を食べ続けられる。

エネルギーをより溜められるようにはなった。

しかし、その過程でミズチの鱗を手に入れてしまったせいで、ますますエネルギー消費が激しくなった。

クリスが言うのならば、間違いなく、文句なしの人類最強だろう、が……。

『くはははは、なあに、方法はある』

「へえ？　どんなんだ」

クリスが言うのならば――と、俺は期待した。

期待してクリスを見た。

他のドラゴン達もクリスを見た。

言葉がわからないジャンヌも、場の流れで黙ってクリスに視線を向けた。

『うむ、一つは竜を食す事だ』

「……竜を、食べる？」

『そうだ、竜を魂ごと喰《く》らえば、効率的に――』

「本気で怒るぞ」

俺は真顔でクリスを睨《にら》んだ。

俺のモットー、「ドラゴン・ファースト」を知っているのにそんな話を持ち出すなんて。

持ち出すだけで、それは馬鹿にしてるようなものだ。

だから俺は出会ってすごしてきた時間の中で一番、厳しい顔でクリスを睨んだ。

『くはははは、冗談だ』

「だったらいい」

『冗談だが、心友が真にドラゴンの事を大事に思っている事がわかった』

「そんな事を言われたら普通に怒る――」

『そこではない』

「え？」

そこではないって、どういう事だ？

『心友が真剣に怒りすぎて、我の言葉の意味に気付きもしていない』

「言葉の意味？」

『我はなんと言った？』

「……えっと」
『一つは、かな』
ルイーズが口を開いた。
『正解だ。それはどういう意味だ？』
「……あっ」
そういう事か。
確かにクリスはそう言ってた。
——一つは竜を食す事だ。
それはつまり、他の提案もあるって意味だ。
それを、俺はマジギレして気付かなかった。
『がぶっ‼　変な罠《わな》を張るな！』
コレットがクリスに飛びつき、噛みついた。
『くはははは、悪気は一切ない、許せ』
「それはいいけど、本当に俺に教えたかった事は？」
『うむ』
クリスはコレットに噛みつかれたまま、はっきりと頷いた。

『竜玉を使えばいい』

「竜玉……」

『それで解決する』

断言するクリス。

その言い切りっぷりが、解決への安心感をもたらしてくれた。

56. 交換バッテリー

「竜玉って……なんだ？」

聞きながら、クリス以外のドラゴン達をぐるっと見回した。

全員が不思議がったり、困ったり、そういう顔をしている。

つまり全員知らないって事か。

『ごめんゴシュジンサマ』

『初めて聞きます……』

ルイーズとエマが申し訳なさそうに言った。

『なによその竜玉っていうのは』

ルイーズとエマとは違って、コレットも知らないながら、矛先をクリスに向けて問い質《ただ》した。

『うむ、論ずるよりもなんとやらだ。実際にやってもらった方がわかりやすかろう』

「確かに」

『問題は誰にやってもらうかだが……コレット以外だと――』
『なんであたし以外なのよ！』
瞬間沸騰したコレット。
がぷっ！　とクリスに噛《か》みついた。
『くはははは、悪いがこの話で心友の役に立てんのでな』
『なんでさ！』
『この中で一番小食なのは？』
クリスがルイーズ達に聞いた。
それで青筋を立てて抗議していたコレットもその勢いが削《そ》がれた。
『小食？』
『うむ』
『そうじゃないとだめなの？』
『ひとまずはな』
『……ふん！』
コレットはつまらなそうに、クリスから離れた。
小食なんてのは、ムシュフシュ種とはもっともかけ離れた体質だからだ。

むしろこの中で一番の大食いなのがコレットだ。

小型種でありながら、下手したら中型種のクリスよりも大食いだ。

もっともクリスはフェニックス種、何かを食べる必要がないから、「クリスと同じサイズの中型種」という話だ。

「それだとたぶんレアだけど」

『おとうさん呼んだ？』

「大丈夫だ」

寄ってくるレアの頭を撫《な》でる。

生まれたばかりの子供だから、あまり話を理解できてない、という感じだ。何かを頼むみたいだから、他の子の方がいいかもな。

そんなレアの頭を撫でつつ、クリスの方を向く。

「そう聞くからには何かを食べるって事なのか」

『その通りだ』

「そうか……だったらルイーズだな」

『そうだね』

『ごめんなさいシリルさん……お役に立てなくて……』

エマは申し訳なさそうに、シュンとなった。

体のサイズだと、エマのほうがルイーズよりも一回り小さい。

でも、実際に食べる量だとエマの方が多い。

「エマはしょうがないさ、戦う子はエネルギー消費が多いからな」

『はい……』

「ルイーズ、頼めるかな」

『まかせて』

頷《うなず》くルイーズ、俺はクリスの方を向いた。

「何かを食べればいいのか？」

『うむ、満腹まで食《しょく》すのだ』

「わかった」

俺は頷き、ルイーズに食事を用意した。

俺のテストのために用意した予備の肉を出して、ルイーズに食べさせた。

「アルカンシエルはなくてもいいのですか？」

ジャンヌが聞いてきた。

「ああ、ドラゴンに人間用の調味料はあまりよくない——だっけ」

言いながら、コレットやエマの方に視線を向けた。

『あたしは丸呑《まるの》みで大丈夫だけどね』

『えっと、食べられない事もありませんが、ちょっと食べただけで口の中がぴりぴりします』

「——だって」

エマの答えをそのままジャンヌに伝えてやった。

「そうだったのですね」

「だから、よかれと思って味付けをしたり、人間とまったく同じものを食べさせるのはよくないんだ」

「なるほど……勉強になりました！」

「そもそも、焼いたものより生の方がいいもんな」

『はい、生の方が美味《おい》しく感じます』

エマははっきりと頷いた。

言葉はわからないが、シンプルなボディランゲージでジャンヌに伝わった。

「人間とは全然違うのですね」

「そうだな」

そんな事を話している内に、ルイーズは出された肉をぺろりと平らげた。

竜市場からお迎えして大分経《た》って、食事の量を把握してる俺。

出した分は丁度いい分量のはずだが……。

「どうだルイーズ」

『うん、もうお腹《なか》いっぱい』

「そうか。クリス？」

『うむ。今から術式を教える。我を受け入れよ』

なんだか物騒な言葉とともに、クリスの眉間から光が放たれた。

光は一直線ではなく、そこそこの太さのある紐《ひも》のように、空中を「泳ぎ」ながらルイーズの方に向かっていった。

初めて見る物だからだろうか。

ルイーズは一瞬身構えたが、クリスの「受け入れよ」という言葉を思い出したらしく、そのまま身構える程度に留《とど》めた。

光の紐が、ルイーズの眉間に届いた。

二人の眉間を、光の紐が繋《つな》がる形になった。

『……あっ』

『くははははは、理解したようだな』
『う、うん……』
『うむ』
頷くクリス、光の紐をルイーズの眉間から「引っこ抜く」ような形で抜いた。
光の紐はクリスの中に戻る事なく、空中で溶けるように消えていった。
『やってもいい？　ゴシュジンサマ』
「ああ」
『じゃあ、やるね』
俺に断りを入れたルイーズ。
目を閉じて、何かぶつぶつつぶやいた。
次の瞬間、ルイーズの足元から光が放たれた。
光は魔法陣になって、更なる光を放ってルイーズを包み込んだ。
魔法陣に包まれたルイーズ。体の中から魔法陣とは違う光が溢《あふ》れ出した。
その光が——一点に集中する。
それが凝縮して、やがて光ではなく半透明の結晶になった。
豆粒大の結晶は、魔法陣が消えるとともに地面に落ちた。

俺はそれを拾い上げて、まじまじと見つめた。

「まるで真珠みたいですね」

寄ってきたジャンヌがそれを見て、感想を言った。

「そうだな、真珠よりも透明度は高いが」

『それが竜玉だ』

「で、これをどうすればいいんだ？」

『食すといい、噛み砕いてもいいが、最初は丸呑みの方が体への負担も小さかろう』

「……わかった」

俺は言われた通り、半透明の石――竜玉を口の中に入れた。

噛み砕いたらどうなるのか――という好奇心を抑えて、丸呑みする。

ごくり、と喉元をするりと通る竜玉。

「……むっ？」

『始まったか』

「これは……腹が――うぉっ！」

「ど、どうしたんですかシリル様!?」

「腹が――まるで腹の中で、干した海藻が一気に『戻って』るみたいだ」

腹を押さえた。

竜玉が腹の中で溶けていく。満腹になっていった。

『くはははは、噛み砕くともっと一瞬に来ていたぞ』

「……やらなくてよかった」

俺はほっとした。

丸呑みでもこうだから、噛み砕いて一気に来られたら腹が膨れすぎて苦しそうだ。

「……ああ、エネルギーが」

腹が膨れたのを先に感じたけど、理解した。

これは——エネルギーの補充だ。

『そういう事だ。ドラゴンのエネルギーを凝縮させて与えるものだ』

「なるほど……結構多いな」

『ドラゴンは人間よりもエネルギーの変換効率がいいからな』

「なるほど。……つまりみんなが代わりに食べてくれて、俺のエネルギーが切れた時に竜玉で補充してくれるってわけだ」

『そういう事だ。口が増えれば溜《た》める効率も上がるだろう？』

「確かに」

今までは俺だけが食事をしていたけど、全員の食べた分を変換できるなら、エネルギー量もその分増える。

それだけでもすごい事だ。

『でも……これって……』

「どうしたルイーズ、浮かない顔をして」

『竜玉、一度に一個までしか作れない――よね』

ルイーズはクリスの方に視線を送って、同意を求めた。

『うむ』

『溜めておく事ってできないから、ゴシュジンサマのエネルギーはそこまで増えないような……』

「ふむ。まあそれはしょうがない――」

『くはははは、なあに、そんなの問題にもならんさ』

「どういう事だ？」

首を傾《かし》げ、クリスを見た。

『心友の周りにはこれからもドラゴンが集まってくる。ドラゴンが増えれば竜玉も増える。問題はない』

『……あっ』

「なるほど」

ハッとするルイーズ、納得する俺。

『そうですね！　シリルさんはすごい方《かた》ですから、まだまだドラゴンが集まりますよ』

ハイテンションのエマににこりと微笑《ほほえ》みながら、俺は「変身」とつぶやき、竜人に姿を変えた。

効率の高いドラゴンの摂取、からの竜玉。

竜人変身は、それだけで五秒持続した。

自分だと効率は悪いが、無制限で溜められる。

ドラゴン経由だと効率はいいが、一人につき五秒分。

使い分ける必要はあるが、かなり可能性が広がったと言える。

「ありがとうな、クリス」

『くはははは、なんのなんの』

クリスは、上機嫌に大笑いしたのだった。

57．一つ星

ボワルセル南西、マルゼンスキー渓谷。

その渓谷の中で、俺は全力で戦っていた。

目の前には百頭を超える狼《おおかみ》。

全部がただの狼よりも一回り大きくて、瞳が赤く燃え盛っているような輝きを放っているのが特徴の狼だ。

トニービン・ウルフ。

その群れが今回の仕事、討伐の対象だ。

俺は竜人に変身した。

圧倒的なエネルギー消費と引き換えに、圧倒的な力を持つ竜人形態に変身する。

変身して、トニービン・ウルフの群れに突っ込んだ。

トニービン・ウルフは竜人《俺》のスピードについてこれてない。

反応すらできずに、棒立ちになっている狼の首を手刀で切り落とした。

足は止めない。更に別のトニービン・ウルフに手刀を放つ。

首を飛ばした瞬間、それが地面に落ちる前に更に別の狼の首を刎《は》ねる。

次々と首を刎ねていった。

俺を中心に、血の旋風が巻き起こった。

「――っ！」

限界は一瞬でやってきた。

戦いを始めてから十秒足らず、トニービン・ウルフを二十頭倒して、群れが反応し出したところでエネルギー切れの兆候を感じた。

俺は地面を蹴って、思いっきり後ろに飛んだ。

体が後ろ向きにすっ飛んでいく。

「くっ……」

途中でエネルギーが切れて、竜人変身が解かれた。

しかし、体はすっ飛んだままだ。

跳躍の慣性力のまま、後ろ向きにすっ飛んでいく。

やがて――ストン。

離れた所で待たせていたドラゴン達の一人、ルイーズの背中に落っこちた。

「ルイ、ズ……」

『うん！　ゴシュジンサマ！』

ルイーズは勢いよく応じて、打ち合わせした通りに、魔法陣を展開、竜玉を作製。

その竜玉を、完全にエネルギー切れになった俺の口に放り込んだ。

完全にエネルギー切れになっていたから、俺は最後の力を振り絞って——ガリッと竜玉を噛《か》んだ。

あめ玉のように噛み砕いて飲み干した。

一瞬でエネルギーが補充された。

「——っ！」

俺はパッとルイーズの背中から跳ね上がって、再び「変身」とつぶやいて、竜人に変身してトニービン・ウルフの群れに突っ込んでいき、無双を再開した。

☆

トニービン・ウルフ。

それは、トニービン地方で生まれたとされる、狼型のモンスターである。

狼と同じく群れる事が特徴で、その特徴を更に昇華させて、戦闘や狩りにおいて戦術的な動きをする事が知られている。

頭数が揃《そろ》ったトニービン・ウルフは、腕利《うでき》きの傭兵《ようへい》団ほどの脅威になる――と、討伐の話を持ってきたジャンヌから聞かされていた。

それくらい、油断ならない相手だという事だ。

☆

血と首の旋風を起こしつつ、俺は地面を蹴って後ろに飛んだ。

三回目の戦術的撤退だ。

「待ち伏せか！」

俺がドラゴン達に向かって飛んでいく途中で、五頭くらいのトニービン・ウルフが待ち伏せていた。

前の二回とも、ドラゴンの所に撤退して、エネルギーを補充してもらっている場面を見られている。

それを見て、先回りして待ち伏せしてきたのだ。

「……残念だったな」

俺はそう言い、飛びかかってきたその五頭のトニービン・ウルフの首を刎ねた。

そして一旦着陸して、再び後ろに飛ぶ。

今度こそ、エネルギーを使い果たして、エマの足元に着地した。

『大丈夫ですかシリルさん！』

エマは竜玉を作りつつ、聞いてきた。

「予測通りだ――変身」

四度、竜人変身してトニービン・ウルフの群れに突っ込む。

待ち伏せを見破られた事でトニービン・ウルフ達は人間らしく動揺した結果。

四回目の変身で、狼の群れを一掃できたのだった。

☆

「コレット」

『うん』

ボワルセル、庁舎の裏庭。

立会人のローズの前で、俺はコレットに指示を出した。

普段よりも「パンパン」になっていたコレットは、次々と口の中から狼の頭を吐き出した。

人間の頭と同じか一回り大きいか、それくらいのサイズの生首が次々と吐き出される。

「も、もう大丈夫！」

最初は平静を保てていたローズだったが、途中から眉をひそめてストップをかけた。

「そうか。コレット、もういいぞ」

『そう？　残りはどうするの？』

「消化できる？」

『余裕』

「じゃあそうして」

「あ、待って」

ローズは止めに入った。

狼の生首は人間には気持ち悪い物だが、ドラゴンには食べ物になる。

それでコレットに全部消化させようとしたが、ローズから止めが入ったのだ。

「どうしたんだ？」

「ドラゴンに食べ、させるのはやめて。王女殿下から伝言があるの」

「ジャ――姫様が？」

俺は言い直しつつ、首を傾げた。

トニービン・ウルフの討伐は、姫様がボワルセルの街を通して俺に振ってきた依頼だ。

直接持ってくればいいのに、と思ったが、ローズが止めに入ったところをみるとやはり回りくどさには理由があったみたいだ。

「そう、トニービン・ウルフの討伐の証拠を全部こっちで預かって、それを一度精査するらしいの」

「そうか」

「間違いなくトニービン・ウルフの討伐だと認められたら、一つ星竜騎士の認可が下りるそうだよ」

「一つ星? なんだそれは」

「竜騎士の称号、ただの名誉みたいなものだけど」

「へえ。どれくらいのものなんだ、その名誉ってのは」

ローズに聞き返した。

姫様がその名誉を俺に乗っけようとしてこの討伐の話を持ってきた事は理解したが、一つ星がどれほどのものなのかがわからなくて、それで気になった。

「一つ星から三つ星まであってね。一つ星は特定の分野で、めざましい業績を上げた竜騎士に与えられるの」

「へえ。二つ星とかは？」

「二つ星は複数分野で功績、もしくは特定分野で同じく一つ星竜騎士を育てあげた時」

「なるほど」

「三つ星になると曖昧だね。大抵は文句のつけようのない業績を上げた竜騎士だね。大抵は前代未聞《ぜんだいみもん》な事をやった人に与えられるから、文句も出ないし基準も結果的に曖昧になってる」

「なるほど。なんか聞いた事のあるようなシステムだな」

「たぶん、竜騎士って歴史が浅いから、似たようなものを参考にして作られたのかもね。こういうものに変なオリジナリティは必要ないでしょ？　名誉なんだから一般の人にもわかりやすくしないと」

「そりゃそうだ」

俺は納得した。

確かに、名誉称号なら一般人にもわかりやすくなきゃだめだな。

「とりあえずあっちに。倉庫を開けさせるから、首はそこに入れておいて」

「わかった。頼むコレット」

『オッケー』

コレットは頷《うなず》き、ローズについていった。

にしても……星、か。

姫様の狙いを完全に理解した。

姫様には明確な狙いがあり、俺もそれに応えて実績を挙げた。

それから三日後。

俺は、国から一つ星竜騎士に認定されたという知らせを受けた。

ドラゴン・ファーストではなく、シリル・ラローズが更に有名になったのだった。

58. ドラゴン・ファースト育成計画

あくる日、庁舎にやってきた俺は、これまでとは違う部屋に通された。

庁舎の三階奥にある、入った瞬間「ＶＩＰルーム」という言葉が浮かび上がってくるような豪華な部屋だ。

「しばしお待ちください」

俺をここまで案内した庁舎の職員は、深々と一礼して、音を立てないように気を付けた感じでドアを閉めて、外に出た。

「うーん？」

俺は首を傾《かし》げつつ、部屋の真ん中にあるソファーに腰を下ろした。

「うわ、すっごいふかふかだ」

ソファーに座った瞬間わかる、たっぷりと詰め物を使った高級なソファーだ。

俺はますます困惑した。

いつものようにローズに会いに来て、「仕事は？」と聞きに来ただけなのに。

なのに、こんなＶＩＰルームに通されて、俺は困惑してしまった。

「失礼します」

「むっ」

ドアがガチャッと開いて、若い女が入ってきた。

女は恭《うやうや》しい振る舞いで入ってきて、俺の前にお茶を置いて、恭しいまま出て行った。

お茶を一口飲んでみる。

高そうな味がした。

通された場所だけじゃなくて、待遇もＶＩＰって感じだ。

一体どういう――と思っていると。

「お待たせ」

ようやく、ローズが姿を現した。

ローズはさすがに今まで通りで、部屋の中に入ってきて、俺の向かいに座った。

「ごめんね、待たせて」

「いやいいけど……これはどういう事だ？」

俺は部屋の中をぐるっと見回した。

「なんで俺をここに？」

「一つ星竜騎士に相応《ふさわ》しい待遇をしただけだよ」

「ああ……」

それか。

「というかこんなに違うのか」

「うん、違う」

ローズははっきりと頷いた。

そういうものなのかと俺は納得した。

「それで、今日は？」

「ああ、仕事をもらいに来たんだ。前にたくさん依頼が来てただろ？　あの後も更に来てるはずだから、なにか受けられるものはないかって」

「その事ね。それなら今はないんだ」

「……へ？」

俺はきょとんとなった。

「今はないって……どういう事？」

「ほとんどの依頼主が取り下げたって事だよ」

「取り下げた？　なんで？」

「一つ星の竜騎士になったから」

「……？？？」

俺は首を傾げた。

なんで一つ星の竜騎士になると依頼が取り下げられるんだ？

「まともな依頼主なら身の程を知るんだよ。ああ、こんなの一つ星の竜騎士にするような依頼じゃない。ってね」

「そうなのか？」

「シリルは皇室御用達《ごようたし》の商人を捕まえて、パン一枚下さい――って買いに行く？」

「……行かないな」

俺は微苦笑した。

ローズのたとえは極端過ぎるが、言いたい事はわかる。

確かにそうだ。

相手が有名人だったり偉い人だったりすると、ちっちゃいお願いをするのは気が引けてしまう。

「一つ星ってのはそういうレベルなのか」

「そうだよ」

俺はあごを摘んで考えた。

「……」

「どうしたの?」

「それってつまり、今後は大きい依頼が代わりに来るって事か」

「さすがだね。そういう事だよ」

「なるほど」

俺は頷き、心の中で小さくガッツポーズした。

追放――独立の最初期から思っていた事、やろうとしていた事。

カトリーヌ嬢の依頼を受けたのも、そこでコネクションをつくって、大きな依頼に繋《つな》がる事を願ってた。

それが半分実現したのが、庁舎への指名依頼の殺到。

そして完全に実現したのが、一つ星になった今の状況。

最初期に立てた目標の達成に、俺は密《ひそ》かに嬉《うれ》しくなった。

だから――。

「そういうわけだから、悪いけど今は斡旋《あっせん》できる依頼がないの」

「わかった」

——今日はまったくの無駄足になったけど、心は弾んでいた。

☆

ローズに別れを告げて、庁舎を出た。

『ゴシュジンサマ』

『今日はどういう仕事ですか？』

表で待たせていたルイーズとエマが俺に駆け寄ってきた。

途中で通行人とぶつかりそうになるが、ドラゴンの高い身体能力でなんなく避《よ》けつつ俺の前にやってきた。

「仕事はない。ぶらつきながらどっかに寄って帰ろう」

『仕事がないの？　どうして？』

「一つ星の竜騎士になったから、細かい仕事は一気に消えたらしい」

結果をまず言ってから、二人に詳しい内容を説明した。

ローズに言われた事を俺なりの言葉に代えて、二人に話した。

すると、最初は不思議がったり困惑していた二人だったが、途中から状況を飲み込んでむしろ興奮し出した。

『そうなるんだ』

「シリルさんがすごいから、って事ですよね』

「まあ、有名だからっていうのならそうだな」

『さすがゴシュジンサマ』

二人はますます、興奮した顔で俺を見つめた。

「そういうわけだから、どっかで美味《おい》しいものでも食べて帰ろうか」

『うん！』

『はい！』

頷《うなず》く二人を連れて、さてどこに行こうかと思って歩き出す。

それを考えながら歩いていたが。

『ゴシュジンサマの話を聞いて気付いたけど、すごいね』

『そうですね』

「え？　なにが？」

二人のやり取りが耳に入ってくると、思考から戻り、二人に聞く。

『さっきから、街の人がゴシュジンサマを見る目が違うよ』

「俺を見る目が？」

どういう事だ？　と思いながら周りを見た。

ルイーズの言う通りだった。

確かに、街の人の大半がちらちらとこっちを見ている。

好意的な視線ばかりだった。

どうしたんだ？　って思っていると。

「あの！　シリルさんですか！」

「え？　ああ――」

俺は立ち止まった。ルイーズとエマも俺の背後に立つように止まった。

俺に話しかけてきたのは、十歳くらいの男の子二人組だ。

男の子達はきらきらと目を輝かせて、俺を見つめてくる。

「俺達、シリルさんのファンです！」

「握手してください！」

「あ、ああ」

俺は戸惑いつつも、男の子達と握手をした。

「俺達、将来竜騎士を目指してるんです！」

「シリルさんみたいなすごい竜騎士になりたいんです！」

「ああ……」

戸惑いから納得へ。

男の子達の話を聞いて、俺は納得した。

今や、竜騎士は子供の「将来なりたい職業」ランキング一位を独走中だ。

それに加えて俺が一つ星の竜騎士になった事で、こうして俺に話しかけてきたってわけか。

このあたりはさすが子供ってところだ。

依頼は消えた。

それは相手が大人だからだ。

しかし子供はそういう機微がわからないし、気にしない。

純粋に、憧れのすごい竜騎士がいたから話しかけたわけだ。

そんな二人の男の子を微笑《ほほえ》ましく感じた。

「あの！　どうしたらシリルさんみたいなすごい竜騎士になれるんですか？」

「教えてください！」

「そうだな……」

俺は少し考えて、しゃがんで、男の子達に目線の高さを合わせた。

そして、真剣な顔で二人と見つめ合って、言った。

「一つだけ覚えておけばいい。ドラゴンを大事にする事」

「ドラゴンを……」

「大事に……」

二人は視線を交わし合って、俺の言葉を繰り返す。

「そうだ、ドラゴンは大事なパートナーだ。その大事なパートナーであるドラゴンを大事にできる人が、すごい竜騎士になれるんだ」

「そうなんだ！」

「わかった！　ドラゴン大事にする！」

「ああ、頑張れよ」

俺はそう言って、二人の頭を撫《な》でた。

憧れの竜騎士に頭を撫でてもらえた二人は、嬉しそうに駆け去った。

俺は男の子達の後ろ姿を見て、つぶやく。

「今までで、一番嬉しいかもしれない」

『え？』

『どういう事ですか、シリルさん』

背後に立っている二人のドラゴンが聞き返してきた。

「大人の考え方を変えるのは簡単じゃない、でも子供のころから吹き込めばそういう風に育てられる。俺に憧れる子供が増えれば、やがて『ドラゴン・ファースト』というスタンスが広がっていく」

気の長い話かもしれないが、そうなる可能性が見えてきた事が、今までで一番嬉しかった。

『……やっぱりゴシュジンサマだね』

『うん、偉くなっても全然変わらない。すごいです』

「一番大事な事だからな」

俺はそう言って、二人を連れて、美味しい物を食べられる店を探して歩き出したのだった。

59. マスタードラゴン

マンノウォーの街、ギグーの商会。
俺はボワルセル庁舎のVIPルームに勝るとも劣らない程の豪華な部屋に通された。
向き合っているのは、この商会の主《あるじ》であるギグー。
「竜涙香《りゅうるいこう》、確かに受け取った。これが今回の代金だ」
ギグーはそう言って、俺達の間にあるローテーブルの上に教会札を差し出した。
受け取って、数える。
1万リール札が二十枚、合計20万リールだ。
竜涙香の「運び」に比べると高額だが、現物の納品で考えれば若干少ない。
まあ、それはしょうがない。
何しろ――。
「品質も確認した、申し分ない。ただ数をもっと増やせないか?」
ギグーも言うように、数がまだまだ少ないのだ。

拠点パーソロンを手に入れて、そこでガリアンを育て始めたが、どうにかこうにか軌道に乗ったばかり。

完全な量産までにはもうちょっと時間がかかる。

それにドラゴン達の事もある。

ドラゴン・ファーストはドラゴンの人数が少ないし、無理はさせられないから、どうしても生産数は少なくなってしまう。

「……検討する。ただ無理をして品質は下げられない」

「そうか、わかった。期待している。お前の所の竜涙香は評判が高いからな」

「そうなのか」

「竜涙香の品質が高いと、見る夢の細かい操作までできるからな」

俺はなるほどと頷いた。

竜涙香とは、摂取して眠りにつくと、その直後に見る夢を自分が見たいように変える事ができるアイテムだ。

もともと竜涙香なしでも、人間は条件が揃《そろ》えば見たい夢を見れるが、竜涙香はそれを「確実」なものにするアイテム。

その上、うちが生産しているものは更に細かい夢の操作ができるらしい。

「名は明かせないが、とある貴族の未亡人が、亡夫の顔まではっきり見れたと喜んでいた」

「そうか」

人によって、見たい夢も異なる。

亡《な》くなった人と再会できるのが夢の中だけ――というどうしようもない現実も、竜涙香の需要が高止まりになってる要因の一つだ。

「だとしたらますます品質は下げられない。その上で数を増やせるかどうか検討してみる」

「そうか、わかった」

ギグーは納得して、引き下がった。

無理を言う場面じゃないとわかってくれたようだ。

「竜涙香とは別の話なんだが、一つお前に頼みたい仕事がある」

「俺に？」

「ああ。マスタードラゴンを知ってるか？」

「マスタードラゴン？」

俺は首をひねって、記憶と知識の底をさらった。

「……どこかで聞いた事はあるが、悪い、詳細は知らない」

「そうか、ならまずその説明からしよう」

ギグーは頷《うなず》き、説明を始めた。

「ドラゴンは、交尾をしなくても卵を産む事ができる。しかしそうやって産んだ卵から孵《かえ》ったドラゴンは、生殖能力を持たない、いわば一代限りのドラゴンになる。そしてその場合ほとんどがメスだ」

「なるほど」

俺は頷いた。

前からドラゴンはほとんど女の子なのは何でだろうと思っていたが、そういう理由があったんだな。

「それとは別に、寿命を迎えるころに、異性のドラゴンと交尾をして、生殖能力を持ったメスを産む事ができる。この子を産めるメスと、交尾して生まれたメスがドラゴンを繋《つな》いでいく——マスタードラゴンと呼ばれるものだ」

「ああ、そういう事か」

俺は納得し、頷いた。

ドラゴンの生態は人間とは違う、というのは前々からわかっていたけど、改めて詳しい人間から話を聞くとそれをまざまざと思い知らされる。

「そうなると、わかると思うが、当然マスタードラゴンの値段はべらぼうに高価だ」

「……まあ、そうだな」

ドラゴン、特にそれを生む母親であるマスタードラゴンをつかまえて「高価」って言われるのは複雑な気持ちがするが、それをギグーに言ってもしょうがない事だから飲み込んでおいた。

「……あれ?」

「どうした」

「……いやなんでもない」

一瞬、頭の中に何かが浮かび上がってきたが、ギグーに首を振ってなんでもないと言った。

ものすごくぼんやりとした気付きだ。

何に気付いたのかさえもよくわからないような気付き。

あとで落ち着いた時にゆっくり考えようと後回しにした。

「それよりも、そのマスタードラゴンがどうした」

「ある『種』のマスタードラゴンが次のマスタードラゴンの卵を産んだ。それが孵るまでの護衛――という依頼だ」

「ふむ」

「マスタードラゴンもそうだが、この先もっと産める卵は高価きわまりない。だから信頼のおける腕利《うでき》きを雇って護衛させるのが常だ」

「それで俺に？」

「ああ、トニービン・ウルフの群れを一人で討伐した一つ星竜騎士だ。できる事なら頼みたい」

「そうか」

「報酬は成功報酬になるが、３００万リールだ」

「!!!」

　俺は驚いた。

　ものすごく驚いた。

　３００万リール。

　ものすごい額だ。

　話を持ち出したギグーはまっすぐ俺を見つめている。

　その額が俺への評価を示している――という風に言ってるように見えた。

ぶるっ――と武者震いした。

「わかった、やらせてもらおう」

もとより、更に評価が上がりそうな依頼だから、断る理由もなかった。

☆

ギグーの商会を出て、待っていたコレットと合流した。

竜涙香を運んできた後、待っていてもらったのだ。

そのコレットと並んで、マンノウォーの街を歩きながら、ギグーからの依頼をコレットに話した。

『ふーん、すごいじゃん。300万って結構大金だよね』

「ああ」

『そっか、よかったね』

コレットはそう言ったきり、黙り込んでしまった。

「どうした、何か気になる事があるのか?」

『うーん、なんというか』

コレットは首を傾《かし》げつつ、言った。

『寿命を迎える時に残す卵ってさ』

「うん」

『なんかレアと一緒じゃん？』

「!!!」

卵の殻と、遺骸の爪と一緒に見つかった原種の子、レア。

俺は、ギグーと話してる時に覚えた引っかかりの正体を理解して、はっとしたのだった。

マスタードラゴンが、うちにもいた？

60．レアの価値

「レアが……マスタードラゴン」

『わかんないけど……それっぽいじゃん？』

「……確かに」

俺は小さく頷き、熟考する。

レアがマスタードラゴンだという確証はない。

すべてはコレットの連想だ。

だけど、可能性はある。

ドラゴンは、人間よりももっと「純粋な生き物」だからだ。

そして生き物の根源というか本能なのが、生存と繁殖にある。

あの爪を、竜人状態で取り込んで速度が上がった事を考えると、バラウール原種の遺《のこ》したものである可能性が非常に高い。

遺物――そして、遺児。

純粋な生き物であればあるほど、死ぬ前だからこそ子を遺そうとする。

そしてその子はきっと、更に「先」へ繋《つな》げる事ができる子だ。

そういう意味では、レアはバラウール原種を「繋げる」マスタードラゴンである可能性が高い。

「確かに……状況証拠しかないけど、きっとそうなんだろうって思う」

『だよね……そっか、あの子がね……』

「うん？」

コレットの反応が気になった。

自分から俺に気付かせた話なのに、何故《なぜ》かコレットは考え込み、複雑そうな表情をしていた。

「どうしたコレット、まだ何か気になる事があるのか？」

『え？　ううんなんでもない！　子供を作れるからって何も思ってないから』

「はあ……」

コレットは慌てて否定した。

子供を作れるからってところに引っかかってるのはそうなんだろうけど、それの何を気にしてるんだろう。

コレットは否定しながらも、ちらちらと俺の顔色を窺《うかが》うように見つめてくる。

一体……どういう事なんだろう。

☆

二日後、マンノウォーからパーソロンに戻ってきた。

足の遅い（かわりに荷物を運んでも速度は落ちない）ムシュフシュ種のコレットと一緒だから、道中はゆっくりとした旅だった。

ゆっくり時間をかけて、栄えている「ほとんど都会」から、元荘園《しょうえん》つまり「実質農村」に戻ってきた。

最近、こっちの方が落ち着くように感じてきた。

『おとうさんだ！』

俺がパーソロンに入ると、幼い声とともにタタタタ――っと足音がして、レアが駆けてきた。

あぜ道の向こうから、小さいレアが猛スピードで突進してくるのが見えた。

まだまだ子供でも、そこはバラウール原種。

ものすごい速さで、一瞬で駆け寄ってきた。

とっさに抱き留めたが、バランスを崩して仰向《あおむ》けに倒れ込んだ。

『おかえり、おとうさん！』

レアは俺の上に乗って、顔をペロペロ舐《な》めてきた。

子供のドラゴンにありがちな、本能が強く出るスキンシップの愛情表現だ。

「ああ、ただいま。元気だったか」

『うん。おとうさん遊ぼう？　かけっこしよ！』

「それはちょっと勘弁してくれ」

俺はレアの頭を撫《な》でながら言った。

このあたり、人間とドラゴンの子供に大差はなかった。

どっちも、「遊ぶ」となると全力で遊んで、直前まで元気に駆け回っていたのに一瞬で
ぷつっと糸が切れたように、気絶するかのように倒れてしまう。

そういう子供的な性質に加えて、足の速いバラウール原種。

さすがに……付き合うのは無理だ。

俺は少し考えた。

「それよりもレアの足の速さを見せてくれ。パーソロン一周をどれくらい速く回れるのか

教えてくれ」

『──！　うん、わかった！』

レアは頷《うなず》き、パピューン、と風の如《ごと》く駆け出した。

「速いなあ……ちょっとでも出遅れたらもう追いつけないな、あれ」

『なんで？　あんたの方が速いじゃん？』

「確かに竜人に変身すると速いけど、例えば今から追いかけようとするとざっと追いつくまでに十秒かかる」

『あっ……』

コレットはハッとした。

そう、そうなのだ。

竜人に変身すると追いつける。

しかし既に先行しているレアとの距離差を埋めるには十秒くらいかかってしまう。

そして俺の竜人変身は凄《すさ》まじくエネルギーを消費してしまう。

十秒もかかってしまうようじゃ「もう追いつけない」ようなものだ。

「まあ、課題だな」

『あ、あたしなら』

「うん？」

『あたしなら、一人で竜玉五人分いけるから』

「そうか、ありがとう」

俺はコレットを撫でた。

子供のレアよりも、強めに撫でてあげた。

そうこうしている間に、遠くまで行っていたレアがターンしてまたものすごい速度で引き返してきた。

今度はちゃんと抱き留められるように——と思って身構えていたら。

レアが途中で急ブレーキをかけた。

トップスピードからの急ブレーキ、それはそれですごいけど、それよりもレアは警戒した顔で俺を見ていた。

いや。

俺の後ろを見ていた。

俺は振り向いた。

パーソロンの入り口で、馬車から降りた姫様と、もう一台別の見た事のない馬車の姿があった。

姫様はその別の馬車を待たせて、一人でしずしずとこっちに向かってきた。

「シリル様」

「どうしたんだ？　あれは？」

「申し訳ございません。シリル様にどうしてもお会いしたいという商人です」

「商人。ああ、姫様に頼み込んできたってわけか」

「はい、如何《いかが》しましょう」

「なんの話なのかは聞いてるのか？」

「いえ。大きな商談で、シリル様とどうしても直接に、と」

「そうか」

俺に直接会って話さないといけない大きな商談、か。

「わかった、話を聞こう」

「ありがとうございます」

人前で「ジャンヌ」じゃないからか、姫様は小さく頷いた程度に仕草を留《とど》めて、くるっと身を翻《ひるがえ》して、入り口に停《と》まっている馬車に向かっていった。

☆

家のリビングの中。

俺は姫様と、そして姫様が連れて来た老人と向き合っていた。

見るからに仕立てのいい服に身を包んでいる老人は、人のよさそうな笑みを浮かべていた。

「お目にかかれて光栄です。私、ピエール・グーノンと申します」

「シリル・ラローズだ」

「お噂《うわさ》はかねがね」

「それはいいけど、なんの用だ？　姫様――殿下に頼み込んでまで来るからにはよほどの大事だと思うんだが」

「恐れ入ります。さきほどシリルさんとじゃれておりましたドラゴン」

「レアの事か？」

「……そのドラゴンを、今一度見せていただけませんでしょうか」

「……なんで？」

「なにとぞ」

「……ふむ」

俺は少し考えた。

ピエールを見つめて、腹の底を探った。

なにをしたいのかわからないが、悪意のようなものは感じない。

たとえあったとしても、ピエールの肉体は普通の老人そのものだ。

何かレアにしようとしても何をされようとも、同じ部屋の中にいれば竜人化して止める事ができる。

「わかった」

俺は頷いて、立ち上がった。

窓を開けて、外に向かって大声で呼んだ。

「レアー？　いるかレアー？」

大声で呼んで、しばらくして。

レアが駆けてきた。

窓から身を乗り出して、レアと向き合う。

『おとうさん』

「ちょっとこっちに来てくれ」

『うんわかった』

レアは頷き、小さくジャンプした。

俺は更に身を乗り出して、ピョン、とジャンプするレアを抱っこして、部屋の中に入れた。

そして、ピエールとずっと沈黙を守っている姫様の所に戻ってくる。

「この子の事か？」

「少し拝見させていただいても？」

「ああ、まあ」

俺はレアをテーブルの上に下ろした。

レアが不安そうに俺を見てくるので、撫でて落ち着かせてやった。

ピエールはそんなレアを見つめた。

懐《ふところ》から虫眼鏡を取り出して、まじまじと観察する。

「おお……これはまさしくマスタードラゴン、しかも原種！」

「むっ」

「ギグーの情報が正しかったか」

「どういう事だ？」

俺は警戒レベルを一瞬で二つほど上げて、ピエールに聞いた。

ピエールは慌てて答えた。

「失礼。取引のあるギグーという男から知らせを受けたのです。なんでも店の表で、かのシリルさんが話している内容が聞こえた、と」

「むっ」

俺は眉をひそめた。

「その内容というのが、シリルさんがマスタードラゴンを所持している、という事でございます」

「な、なるほど」

確かに店先でコレットとそれを話していた。

それが聞かれてた……というのは俺のせいだ。

「単刀直入に申し上げます。その子を譲っていただけませんか」

「なに？」

「ここに１００万リールをご用意しました。もちろん教会札ですが、ご希望とあれば現金を用意させます」

「断る」

俺は即答した。

考えるまでもなかった。

「むっ、で、では200——いえ500万では如何でしょうか」

「——っ！」

値をつり上げるピエールの横で、ずっと沈黙を守っていた姫様が息を吞《の》んだ。

500万という額は王族である彼女からしても大金に思えたのだろう。

が。

「断る。売る気は毛頭ない」

「わたくしには希望にお答えする用意が、どうぞお値段を仰《おっしゃ》って——」

「金の話じゃない」

「むっ」

「俺の事を知ってるのか？」

「もちろん、今もっとも勢いのある——」

「俺のギルドの名前は？」

「ギルド名？　なぜそれを——はっ」

ピエールは思い出した感じでハッとした。

「『ドラゴン・ファースト』に来て、金でそこのドラゴンを売ってくれ、なんてのは正気か？」

「……申し訳ございません」

ピエールは静かに頭を下げた。

「わたくしの軽はずみな行動で不快な気分にさせた事をお詫《わ》びします」

「わかってくれたのならそれでいいんだ」

「はい。本日のところはこれで引き上げます」

そう言って、ピエールは立ち上がった。

そんな前置きをするって事は、諦めてないって事か。

瞬間、脳内に白い光が突き抜けていった。

ひらめいた言葉を、そのまま口にした。

「一応言っておくけど、この先レア――この子にもしも何かがあれば、俺は真っ先にあんたの所に突っ込んでいく」

「な、なぜ」

「実力行使で誘拐されたと判断するからだ」

「わ、我々はそんな事を――」

「ああ、わかっている。単なる『しらみつぶし』だ」

「し、しらみつぶし……」

「そう、しらみつぶしに、可能性を当たっていく。そしてあんたの所が一番最初だ」

「……」

「そうならない事を祈りたいな」

「……はい」

ピエールは苦虫を噛《か》みつぶしたような顔をして、俺に一礼して、部屋から出ていった。

姫様も立ち上がった。

「申し訳ございませんシリル様、まさかあのような話だったなんて」

「いいさ。あれはあれで正当な商売の話なんだから」

「本当にすみません……でも、シリル様。なぜあのような脅しを？　そうしなくてもグーノンは信頼できる商人ですが」

「わかってる。彼はかなりの大物なんだろう？」

「はい……」

「だから、悪いけど壁になってもらう」

「壁？」

「ああ言えば、彼は自分でやらないのはもちろん、レアに対して実力行使をする動きを知ったら先に手を回して潰してくれるだろう。自分に累が及ばないようにな。俺が突っ込んでいけば物理的な損害もあるし、商売が上手《うま》くいかなかったから無理矢理奪ったという噂もつくし」

「あっ……なるほど！」

姫様は手を合わせて、目を見開いて笑顔になった。

「さすがですシリル様‼　５００万リールにもまったく気持ちが揺らがないですし、すごいです！」

俺は微笑《ほほえ》み返した。

マスタードラゴンはすごいんだなあ、とちょっとだけ思ったのだった。

61．「仲間」思いのシリル

夜、竜舎の中。

ドラゴンのみんなが寝静まっている中、俺はクリスと向き合っていた。

「というわけで、依頼を受けたからしばらく家を空けるけど、レアの事を守ってくれ」

『我がか？』

「ああ。クリスになら安心して任せられる。うちの切り札だからな」

『くははははは、うむ、当然であるな』

クリスは上機嫌に、天井を仰いで大笑いした。

その笑い声に隣で寝ているエマがビクッと反応して顔を上げたが、俺がクリスと話していて、今のはクリスの笑い声——つまりいつもの日常だとわかると、そのまま再び夢の世界に戻っていった。

『よかろう、大船に乗ったつもりでいるがいい』

「ありがとう」

『それはよいのだが、何故《なぜ》あえて我に頼む。例の商人を脅して狙われるのを止めたのではないのか？』

俺はふっ、と苦笑いした。

ジャンヌに説明した、ピエールへの脅し。

その事をクリスは言っている。

『あれは嘘《うそ》だったのか？』

「いや、嘘じゃない。少なくとも俺はその狙いで発言したし、それが抑止力になるだろうと思っている」

『ふむ？』

クリスは小首を傾《かし》げる。

だったらなぜ？　という顔をした。

「理屈通りに動かないのが人間なんだ。俺より遥《はる》かに賢かったり――バカだったり。そんな人間だったら予想通りに動いてくれないから」

『……くはははは』

クリスはしばらく俺の顔をじっと凝視した後、またまた天井を仰いで大笑いした。

『うるさいわね！　いい加減寝なさいよ！』

二度目の大笑いに、コレットが顔を上げて抗議した。

『くはははは、我は唯一にして不死、故に睡眠の必要もなし』

『んもう！』

クリスの返しに怒って、体を思いっきり丸めて、頭を体の「奥」に収めてしまうコレット。

すぽっと収めて、声をシャットアウトしようとした。

それはいいんだけど。

「今の笑いはなんだ？」

『うむ、安心したのだ』

「安心？　どういう事だ？」

『心友のさっきの話、王女は感激していたが、我からすれば人間を過大評価しすぎていて不安だったのだ』

「なんだ、カマをかけたのか」

『くはははは、すまんな』

俺はくすっと笑った、クリスもまた大声で笑った。

『うるさい！』

がぶっ！

怒鳴ったのとほぼ同時に、再度の笑い声で起こされてご立腹なコレットがクリスに噛《か》みついた。

もちろんクリスに堪《こた》えた様子はなく、いつものように噛まれっぱなしにされた。

『うむ、心友が正しい。人間の九割はそこまで賢くない。あの商人が押さえても、どこぞで誰かが暴走しないとも限らぬ』

「……ああ」

『なあに、我がいる限りは大丈夫だ、安心して行ってくるといい』

「ありがとう」

『くはははは』

俺がお礼を言うと、クリスはますます楽しげに笑って、そしてコレットにがぶがぶ噛みつかれたのだった。

☆

翌日の朝、俺はコレットを連れて出かけた。

マスタードラゴンの卵の護衛のためだ。

『ねえ、なんであたしなの？』

ドラゴン用に整備された街道を歩きながら、コレットが聞いてきた。

心なしか声が弾んでて、楽しそうな雰囲気だ。

「理由は二つある」

『二つ？』

「一つ目はコレットが自分でアピールしてた、竜玉を五人分も作れるからっていう事」

『もう一つは？』

「最悪、卵を丸呑《まるの》みしてもらいたい」

『そっか』

コレットは納得して、頷《うなず》いた。

「コレットを危険にさらしてしまう事になるけど」

『平気、余裕だから』

「そうか、頼むな」

『まかせて』

コレットは上機嫌なまま、俺からの頼みを請け負った。

もちろんこれは予想であり予定で、ベストなのは何も起こらないまま守り切れる事、次善の策は俺の力で何とかする事。

いざとなって、コレットを危険にさらしてしまう事はできるだけ避けたいと思った。

☆

夕方、途中の宿場町で、俺は今日泊まるための宿を探した。

街道がドラゴン用に整備されているのなら、宿場町もやはりドラゴン用に造られている。

ほとんどの宿に竜舎かそれに準ずる建物が併設されてて、ドラゴン連れの竜騎士でも問題なく泊まれそうな感じの造りだ。

その中の一軒に、コレットを連れて一緒に入った。

中は一階のロビーが酒場の造りになっているタイプで、酒場には宿泊客らしい人間が夕方なのにもう酒盛りを始めている。

「少し待ってて」

『うん』

それで賑《にぎ》わっている中、俺はコレットを入り口近くに待たせて、奥のカウンターに向かった。

カウンター越しに、店主らしき男に話しかけた。

「一晩泊まりたい」

「何人と何頭だ？」

店主の男はちらっと、入り口に待たせているコレットを見た。

「俺とそのムシュフシュ種の子だけだ」

「二階の部屋が50リール。最上階は100リール、窓のある部屋なら200リールだ」

「そうか、ドラゴンは？」

「人間の料金に入ってる、竜舎の空いてる所に適当に寝かせろ」

「そうか」

俺は頷いた。

あまり愉快とは言えない扱いだが、ドラゴンにはいつもの事だから、ケンカしてもしょうがないと思い、スルーする事にした。

「窓付きの部屋にしてくれ」

「わかった。名前とギルド名は」

「シリル・ラローズ。ギルドはドラゴン・ファーストだ」

「ドラゴン・ファーストだぁ？」

横から別の男の声が聞こえてきた。

そっちを向くと、立て膝で酒を飲んでる四人組の男達がこっちに視線を向けていた。

「なにか？」

「ドラゴン・ファーストってあれだろ？　最近有名な」

「……どうかな」

あまり酔っ払いとは絡《から》みたくないから、曖昧にして、店主に向き直った。

金を取り出して、宿泊代の２００リールを払ってしまおう——と思ったその時。

「そうそう、女をこまして成り上がったって噂《うわさ》の」

「……なに？」

びくっ、と眉が跳ねた。

聞き捨てならない事を聞いた気がする。

「おっ？　怒ったか色男」

「わかってんだぜえ？　お前さんが姫さんのえこひいきだってのはよ」

「……」

「まっ、世間知らずの姫さんだ、なんかの拍子で男に騙《だま》されてもしょうがねえやな」

「騙されたままでも幸せかもしれねえしな」

「違《ちげ》えねえ」

「「「あはははは」」」

男達は一斉に笑い出して、挙げ句の果てに「乾杯」までした。

「おい」

「んん？　なんだ色男」

「今のを取り消せ」

「なんだ怒ったのか？　自分のやった事に——」

「彼女はそこまで浅はかじゃない。取り消せ」

「なんだぁ？　お前の方がぞっこんってやつか？」

「変身」

竜人に変身。

変身して、男達に迫り、全員に「一発」ずつ入れた。

心臓にピンポイントに打撃を入れた。

その後、元立っていた場所に戻って、変身を解いて人間の姿に戻る。

エネルギー消費は大きいが、一秒もかからなかった。

「がっ……はぁっ……」

男達は悶絶《もんぜつ》した。

苦悶の表情を浮かべて、持っているグラスを全員取り落としてしまった。

目を見開き、口を開け放つ。

口角から涎《よだれ》を垂らし、身動き一つ取れずに固まってしまった。

「お前さん、なんかしたのか？」

背後から、カウンター越しに店主の男が聞いてきた。

「別に、なにも」

「そうか。ほら、これが部屋の鍵だ」

「……いいのか？」

「酒場にケンカはつきものだ。力量の差も弁《わきま》えない挙げ句、瞬殺される方が悪い」

店主は肩をすくめて、ニカッと笑った。

「それにだ」

「それに？」

「俺は、女の為《ため》に怒れる男の方が好みだ」

「……はは」

俺は笑った。

馬鹿男達のせいで気分が悪くなったが、粋な店主のおかげで口直しできた。

「ありがとう」

「ごゆっくり」

俺は未《いま》だに悶絶するバカどもを放っておいて、ぐるりと身を翻《ひるがえ》してコレットの方に戻っていった。

62. でっかい男

夜、宿の部屋のベッドの上でゴロゴロしていた。

かすかに酒場の音が聞こえてくる。

正直暇だし、酒場で暇潰しでもしたいのだが、また面倒臭いのに絡まれるのは嫌だ。

どうにでもできるけど、蓄えてきたエネルギーを使うような事はもったいない。

さっきの連中にお灸《きゅう》を据えた時も、一秒足らずだったのにあれだけで四分の一から三分の一くらいのエネルギーを使ってしまった。

ただ、暇すぎる。

「もう寝るか」

と、思ったその時。

コンコン、とドアがノックされた。

ベッドの上で体を起こした。

ちょっと警戒した。

まさかさっきの連中が？　という考えが一瞬頭に浮かんだ。

「誰だ」

「ちょっといいかい？」

「女？」

俺は首を傾《かし》げた。

なんで女？　と思いつつも、とりあえず立ち上がって、ドアを開けた。

ドアの向こうに一人の女がいた。

歳《とし》は二十の半ばか三十ってところか。

露出の高い服装をしているが、性的な意味ではなく、動きやすさを重視した格好だ。

何より――ドラゴン臭がする。

竜騎士にはほとんどと言っていいほど染《し》みついているようなドラゴンの臭い。

ドラゴンと常に行動を共にしてる竜騎士の女――ってところだろう。

「何か用か？」

「一緒に飲まないかい？」

女はそう言って、両手を掲げて見せた。

右手に酒瓶、左手にグラスを二つ持っている。

「なんだい、反応が悪いね。夜這《よば》いされるのは初めてじゃあるまいし」

「そう言われると断りづらいな」

俺は微苦笑して、体をずらして道を空けた。

女はにこりと微笑《ほほえ》んで、部屋に入った。

ちらっと部屋の外、廊下を見回した。

特に待ち伏せがいたりとか、そういうのはないみたいだ。

若干の戸惑いを残しつつ、ドアを閉めた。

女はベッドの上に腰かけて、持ってきた酒瓶の栓を抜いた。

たちまち、酒の香りが部屋中に広がる。

俺は彼女の前に立って、見下ろした。

「あんた、名前は？」

「なんだい、野暮だねえ。名前も知らないような女はそそらないってのかい？」

「端的に言えばそうだ」

「難儀だねえ。まあ、リザとでも呼んどくれ」

「リザか」

本名だろうか、偽名だろうか。

……考えてもしょうがないっぽいな。

俺は彼女から人一人分の間隔を空けて、同じようにベッドに座って、肩を並べた。

すると、彼女は酒を注いだグラスを渡してきた。

「ほら」

「ありがと」

「とりあえずの出会いに乾杯」

「乾杯」

グラスを合わせて、酒に口をつけた。

一方、リザはぐいっと自分の分を一気に飲み干した。

天井を仰いでの一気飲みは豪快の一言に尽きた。

「ぷは――。なんだい、飲まないのかい？」

「疑問を感じていると酒が進まない質《たち》でな」

警戒してる――とストレートに言うのはさすがに止《や》めておいた。

「あんた、あのシリル・ラローズなんだろ？　ドラゴン・ファーストの」

「ああ」

「しかもさっき見た感じじゃ相当強い」

「……まあ、そこそこにな」

連中をしばくところを見てたのか。

「どうせなら強く逞《たくま》しい男に抱かれたいのさ。おかしいかい？」

「まあ……わからなくはないが」

俺は曖昧に頷いた。

そういう話なら……言葉通りわからなくない。

竜騎士の女には、そういうタイプが多いのは知識として知っている。

いつもドラゴンと一緒にいるせいで、ドラゴンの力強さを間近に肌で感じているせいで、人間の男にも「とにかく力強さ」を求めてしまうようになる女が多い——と、昔知り合いの竜騎士から聞いた事がある。

だから、わからなくはない、だ。

ちなみにその竜騎士曰《いわ》く、歴史は繰り返しているらしい。

ドラゴンが人間の手でコントロールできるようになるまでは、「騎士」と言えば馬に乗る人間の事を指していた。

竜騎士はその後にできた言葉と概念だから、「竜」の「騎士」だ。

その馬を育てたり乗ったりする女達も、やはり人間の男に馬並みの力強さを求めるらしい。

「馬並み」という慣用句もそれでできたそうだ。

まあ、そういう事もあって。

俺は何となく納得した。

リザから悪意は感じられないし、本当にそれが目当てみたいだ。

だったら断る理由もないと思った。

何杯か飲んだ後、リザはしなだれかかってきた。

そろそろか――と思ったその時。

「ん？」

「どうしたんだい」

「外がなんか騒がしい」

「外……本当だ、何かあったのかい」

「見てみる」

俺は立ち上がって、窓に向かった。

他より大分高い、最上階で窓付きの部屋。

その窓を開けて外を見た。

宿の表に馬車が停《と》まっていた。

馬車の周りに少なくとも十人以上の護衛がいて、更に周りの野次馬を止める者達も入れたら二十人はいる。

馬車そのものも立派なこしらえで、前に姫様を助けた時に、姫様が乗っていたものよりもワンランク上の立派なものだった。

通行人も、周りの宿の開いた窓も。

全員がその馬車に注目して、ざわざわしていた。

その馬車から、一人の男が降りてきた。

貴族っぽい格好をした青年だ。

男は顔を上げた――目と目が合った。

男は小さく俺に頭を下げた。

それで周りがまたざわついた。

「なんだ、あれは」

「あれって……まさか」

いつの間にか横に来ていたリザが深刻そうな顔でつぶやいた。

「知ってるのか？」

「知ってるというか、知ってるだけというか……」

「？？？」

知ってるだけ？

どういう意味だ？

不思議がっていると、部屋のドアがノックされた。

「夜分遅くにすみません、ドラゴン・ファーストのラローズ様のお部屋とお見受けいたしますが」

「あ、ああ。どうぞ？」

俺が言うと、部屋の外から「失礼します」の声とともに、ドアがゆっくり開かれた。

ドアの向こう、廊下に数人の男が立っていた。

ドアの位置からしておそらくノックしたであろう男は明らかに使用人らしい格好をしていて、さっきの貴族っぽい青年はその後ろに立っていた。

使用人の男は頭を下げて、立っていたスペースを空けた。

そこに貴族の青年が入ってくる。

「失礼。私はシャルル・セベールと申します。シリル・ラローズさん、でお間違いないでしょうか」

「シャルル・セベール⁉」

リザが驚き、悲鳴のような声をあげた。

そんなリザの反応にも、シャルルと名乗った青年はにこりと微笑んだだけで、咎《とが》めもそれ以外の反応もしなかった。

「知ってるのか？」

「知ってるも何も、セントサイモンの名門の御曹司だよ」

「セントサイモン」

その名前は知っている。

俺の目的地である、竜都セントサイモンだ。

「……って事は、あんた」

「はい、今回の一件で、ラローズさんに依頼をさせていただいた者です」

「そうだったのか」

マスタードラゴンの卵の護衛の依頼主だったんだな。

「で、なんでここに？」

「お迎えに上がりました」

「迎えに？」

「はい。こちらの手違いで、このような所にお泊めしてしまい、大変失礼しました」

「別にそれはいいんだが」

何となく言いたい事はわかる。

わかる、が。

「あんた、だいぶ大物なんだろ？　それがなんで直々に出てきたんだ」

「ラローズさんほどの竜騎士に力を貸していただけるのに、失礼な振る舞いはできません」

「ほどの、って言われても。一つ星になったばかりなんだが」

「歴史上のどの三つ星竜騎士でも、一つ星の時期がございました」

「……あんた、うまいな」

俺は素直に感心した。

おだてられて悪い気はしない。

同時に、肩書きだけじゃなくて結構な大物だと思った。

俺が「一つ星」を出したから「三つ星」を出した。

俺がもし、「駆け出し」って言ったら他の言い方をしてきただろう。

目に見える肩書きだけに囚《とら》われないという感じの、できる男なイメージを持った。

「夜分遅くに失礼かと存じますが、ちゃんとした宿をご用意いたしましたので、ご足労いただければ幸いです」

「わかった——あっ、えっと……」

頷《うなず》いてから、リザの事を思い出した。

彼女を見ると——複雑な笑みを浮かべていた。

「いいよ、いいよ。あたしの先走りだ。あんたはあたしが思ってたよりもずっとでっかい男だったみたいだ」

リザはそう言って、微苦笑して部屋を出ていった。

シャルルの登場で、妙な形で評価が上がったみたいだ。

63．超ＶＩＰ待遇

リザを見送った後、振り向くと。

シャルルが既に俺を見つめている事に気付いた。

これは……ずっと俺を見てたって事か。

「それではご足労を願えれば」

「あー、いや。コレット——連れてきたドラゴンがもう寝てるはずなんだ。明日朝一で——」

「お連れの方のための『足』も用意させていただきました」

「足？」

「外をご覧下さい」

シャルルにそう言われて、俺は疑問に思いながらも、言われた通り窓から外を見た。

すると、気付く。

シャルルが乗ってきた馬車のすぐ後ろに、巨大な台車っぽい物がある事に。

荷台がとにかく大きくて、それに合わせて車輪も相当に大きかった。

なのにこの手のものは普通馬か牛に引かせるものだが、それは二十人くらいの人間が前後に構えていて、人間が押して動かすような形になっていた。

「あれは？」

「お連れの方はどうぞそちらへ」

「ドラゴンを乗せるためのものか」

「はい」

シャルルは穏やかな微笑《ほほえ》みを浮かべたまま、頷いた。

「ドラゴンなのに？」

「ラローズさんにとって大事な方だと理解しております。であればこちらも相応の礼を尽くさせていただく事に」

「……そうか」

見た目よりも、更に一回り二回り大物みたいだな。

コレットもないがしろにしない。その理由は、俺が――「ドラゴン・ファースト」が連れてきたドラゴンだから。

下手に「自分もドラゴン大好きなんですよーHAHAHA」と言われるよりも納得がで

きる話だ。

「……わかった、世話になる」

「ありがとうございます——どうぞ」

シャルルは再び頭を下げてから、体をずらして、ドアまでの道を俺に空けてくれた。

俺は立ち上がり、廊下に出て階段を下りる。

騒ぎを聞きつけて、各部屋から客が顔をのぞかせて、一階に下りてくると酒場中の注目を集めた。

俺はカウンターの向こうにいる店主に向かって。

「すまない店主、早めのチェックアウトだ」

「あ、ああ。気にしないでくれ」

あの粋な店主もシャルルの作った雰囲気に飲み込まれた。

一方、酒場と繋《つな》がっている竜舎の方も騒がしくなっていて、コレットが顔を出していた。

『どうしたの？』

「場所を移すけど、いいか？」

『あんたも行くの？』

「ああ」

『じゃあいい』

コレットは頷き、俺と一緒に表に出た。

「コレットはそれに乗ってくれだって」

『あたしも？　なんか気持ち悪い。なんか変な企《たくら》みをしてるんじゃないの？』

「大丈夫だ、たぶん」

『たぶんってあんた――』

「何かあったとしても俺が守るから、大丈夫だ」

『――そ、そう』

コレットは虚をつかれたかのような顔をして、顔を逸《そ》らした。

そのままシャルルが用意した神輿《みこし》のような台車に乗る。

その間、俺は台車を眺めた。

装飾がない。

いかにも急にこしらえたようなものだ。

このためだけに作った――という事は間違いないだろう。

「ラローズさんはこちらへ」

俺の後を追って、宿から出てきたシャルルは、自分が乗ってきた馬車に俺を誘《いざな》った。

「ああ」

俺は頷き、馬車に乗り込んだ。

「マジで乗り込んだぞ、あのシャルル・セベールの馬車に」

「あのシャルル・セベールが自分より先に乗せるなんて」

「一体何者なんだ？　あのシャルル・セベールがそこまで礼を尽くす男は」

馬車に乗り込んで、出発するまでの間、周りはざわざわしていた。

よほどの大物なんだなあ、シャルルは――という事が周りの反応でわかった。

馬車が先導して、台車が後をついてくる。

どこまで行くのか――と思ったら五分と経《た》たないうちに着いた。

「こちらになります」

「同じ宿場町の中だったのか」

「はい」

俺は馬車から降りて、目の前にある建物を見た。

周りがほとんど普通の宿屋か酒場が林立する中、そこだけ異彩を放っている。

まるで貴族の屋敷みたいな感じの場所だ。

「こんな建物があったのか。宿場町なのに」

「貸し切りにしましたので、お休みを邪魔されるような事はないかと」

「そうか——ドラゴンは？」

「別館の中を、ドラゴン向きにご用意させていただきました」

「……改装したって事か？」

「はい」

「……」

俺は絶句した。

もしかして……かなり金をかけてるのか？

『ねえ』

「え？」

『どうする、あたしはそっちにいけばいいの？』

コレットがそう聞いてきて、俺に判断を求めた。

少し考え——いや考える必要もなかった。

「ああ、コレットはそっちでゆっくり休んでくれ」

『わかった』

「頼む」

俺はシャルルにそう言った。

シャルルは頷き、近くに控えていた使用人らしき男にそれとなく合図を送った。

使用人の男は台車を押し引きする者達に指示を出して、コレットを連れていった。

それを見送った後、シャルルと一緒に屋敷の中に入る。

「うおっ」

入った瞬間、びっくりした。

玄関の先にロビーがあって、そのロビーに道を作るように、両横にメイドが並んでいる。

ここだけでメイドが五十人くらいいた。

「どうぞ」

穏やかに微笑みながら、促してくるシャルル。

俺はためらいつつ進んだ。

すると、両横に並んでいるメイド達。

俺が真横を通ると、真横のメイドが頭を下げた。

恐る恐る更に先に進むと、一歩先のメイドも同じように頭を下げた。

まるでドミノみたいだった。

俺が進むと、横を通ったメイドが次々と頭を下げた。

「どうぞ、こちらへ」

シャルルが少し前を先導した。

びっくりする事に、シャルルが先に進んでもメイドは反応しなくて、あくまで俺に合わせてドミノ式に頭を下げた。

すごいな……。

シャルルが直接迎えに来て、馬車に乗って、ここに来た。

そして、このメイドドミノ。

俺は今、人生で一番、偉くなったような気分になった。

そこまでされると、依頼を頑張らないとな、という気分に自然となってくる。

「……なるほど」

「どうかしましたか？」

「いや、なんでもない」

そう言いつつも、俺はひそかに感心した。

シャルルのやり方に感心した。

言ってみれば、これはボーナスの先払いだもんなあ。

先に払って、気持ちよくさせて、やる気にさせる。

うまいもんだ。
なるほどこういうやり方もあるんだなあ。
俺は、それを覚えておこう。
学んでおこうと、思ったのだった。

64. たまごの声

次の日の朝、俺は昨夜と同じように、シャルルと同じ馬車に同乗した。

コレットも同じように台車に乗せられて、大勢の護衛の元で、シャルルと一緒に目的地に向かう。

俺は馬車の外をちらっと見て、シャルルに聞いた。

「いつもこれくらい大げさにやるのか？」

「ラローズさんはドラゴンの卵が孵《かえ》るところを見た事はありますか？」

「いや、ない」

質問を質問で返してきたシャルルだが、昨日の事でよくわかっている。

この男は、意味もなくそんな事をしない。

だから俺は反問に答えつつ、シャルルの言葉の先を待った。

「ドラゴンの卵というのは、いつ孵るのかわからないのです」

「生き物の卵なんてそんなもんじゃないのか？」

「同じ種でも、短い時は数分、長い時は一年以上かかった事例もあるのです」

「むっ……」

眉がビクッと動いたのが自分でもわかった。

俺は、鳥とかあのあたりの卵の感覚で喋《しゃべ》っていた。

同じ鳥の卵でも、基本十数日で、そこから数日くらいのズレはあるもんだ。

だからその感覚で「そんなもん」だと言ったのだが、シャルルが言ってきたのは俺の感覚を遥《はる》かに上回る「いつ孵るのかわからない」というものだった。

「あっ……」

「どうかしましたか?」

「いや、うちにいるドラゴンがそういう事なのかなって」

ふと思い出した、レアの事。

レアは、割って出てきた卵の殻のそばに、親と思《おぼ》しきドラゴンの遺骸——あの爪が落ちていた。

死体がほとんど風化して爪しか残らないというのは、レアが孵るまでかなりの時間がかかった、という事なのかもしれないと思った。

言葉が通じるからこそ、よくわかる。

ドラゴン達にも「情」がある、しかも結構なものだ。

親のドラゴンも——しかも人間の手が入ってない原種だったら、卵を産んで我が子が孵るのを見たいと思う事だろう。

そうならないのは、孵るまでのランダム性が大きすぎるからなのか——と思ってしまった。

「そうですか。ちなみに、卵が孵るまで、一切の兆候はありません」

「それはしんどいな」

「ええ、ゴールの見えないマラソンのようなものです」

「そうか……」

「その間、ずっと守っていなくてはいけないのです。孵るまで長引いて、その間に天災が起きるかもしれませんし、それまで味方だった人間が敵になったりして卵を狙ってくる事も」

「それは……しんどいな」

同じ言葉を、二度目は感情込めて言った。

「しかもそれには大金がかかってる。か」

「はい」

「そりゃしんどい、下手したら禿《は》げるな」

「ですので、可能な限り万全を期したく」

シャルルはにこりと微笑《ほほえ》んだ。

今の話でも、真剣だが深刻にはなってない、ある程度の余裕は持てている。

やはり大物だ、と思った。

「ですので、是非、ラローズさんのお力をお借りしたく」

「話はわかったけど、常駐はさすがに無理だぞ」

「ええ、こちらもそこまでは。できる限り、でお願いできればと」

「そうか……わかった」

昨日からの歓待で多少なりともほだされた俺は、できる限りの協力はしてやろうと思うようになった。

☆

次の日、丸一日馬車に乗りつづけた俺達は、目的地の街にやってきた。

竜都、セントサイモン。

王都ノーザンテーストと並ぶ、世界で一、二を争う有名な街。

有名な街なのだが、俺が想像している街とは違った。

街道から遠目に見えるその街は、まるで巨人のための街だった。

街の中の道が広く、建物も大きい。

ドラゴンが人間の生活に深く関わるようになってからは、どの街でもある程度余裕を持って造られてはいるものの、セントサイモンはケタ違いだった。

すべてが、ドラゴンの為《ため》に造られているような街並みだった。

「でかいな」

「ええ、この世の稼ぎ頭が集まっている街ですので」

「……なるほど」

稼ぎ頭、という言葉に引っかかりを覚えはしたが、納得もした。

シャルルの依頼は、マスタードラゴンの卵の護衛。

俺はそういう表現は嫌いだが、マスタードラゴンが「金になる」のも紛れもない事実だ。

そのマスタードラゴンが多く集まってる街、集められている街。

「マスタードラゴンというのはほとんどセントサイモンにいるのか？」

「そうですね、七割方はいると思います。とはいえ、ここともまったく関係を持たないマスタードラゴンもいる事にはいます」

「なるほど」

そりゃこうもなるな、と納得した。

そうこうしているうちに馬車は更に進み、俺達はセントサイモン《巨人の街》に入った。

不思議な所だった。

街の造りは綺麗《きれい》で、道も建物も立派だ。

しかしあまりにもスケールが大きいせいか、ガラガラなイメージを持ってしまう。

栄えている、というイメージは持てなかった。

馬車と台車の一行が更に進んでいくと、やたらと物々しい区画が見えてきた。

街の中に突如現れた牧場のような区画で、その周りをぐるっと取り囲むように護衛の人間がずらっと並んでいる。

更に目を凝らすと、その奥にも護衛の姿がちらほら見える。

「あそこなのか？」

「ええ」

馬車が進んだ。

護衛達が当然の如《ごと》く動いて警戒態勢になったが、シャルルが顔を出す事で警戒は解かれ、元通りになった。

馬車と台車は護衛の向こう側にある、巨大な建物――竜舎のような建物の前で停《と》まった。

シャルルは先に降り、俺に軽く一礼した。

「どうぞ」

「ああ」

俺は馬車から降りた。

『ねえ、あたしも降りていい？』

「ああ」

俺が頷《うなず》くと、コレットも台車から降りた。

彼女は窮屈そうに体を伸ばした。

『これ、帰りはいらない。歩いた方が楽だから』

「そうか、後で言っておく」

『そうして』

「ではラローズさん、こちらへどうぞ。お連れのドラゴンも」

「ああ」

頷き、シャルルと一緒に竜舎の中に入った。

「むっ」

竜舎の中は更に厳重に護衛されていた。

どう見ても腕利《うでき》きな男が——ざっと十三人。

思い思いの位置で警戒し、護衛していた。

厳重な護衛は、ぶっちゃけ殺気立っていた。

中に入るのすら躊躇《ちゅうちょ》してしまうくらいの殺気で。

『うわー、こんな所にいたくないな……』

と、コレットがこぼすほどだ。

そんな殺気立った連中に守られているのが、中央に設置された台座と、その上にある卵だ。

シャルルが連れて来た俺だから連中はすぐにどうこうとはならなかったが、警戒は続けていた。

俺は意識的に無視して、シャルルに聞いた。

「あれがそうか」

「はい、マスタードラゴンの卵です」

「そうなのか。少し見させてもらっても？」

「ええ、どうぞ」

シャルルはそう言ってくれた。

俺は歩き出し、マスタードラゴンの卵に向かっていた。

「……」

眉をひそめてしまう。

卵に近づくにつれ、護衛連中のプレッシャーが肌に突き刺さってきたからだ。

シャルルが許可したが、それでも俺が何かするかもしれない、と思っての警戒だろう。

俺は腹を決めて無視しつつ、卵に近づいた。

初めて見るマスタードラゴンの卵は。

「割と普通なんだな」

「卵とはそういうものです」

『ねー、あたし本当ここ嫌だ。外で待っててていい？』

コレットが入り口の所からそう言ってきた。

気持ちはすごくわかる。

「ああ、いいぞ」

『なんかあったら呼んで』

と言って、出て行ったコレット。

その後ろ姿を見送る。

しょうがない、それほどのプレッシャーだ。

俺だって、このプレッシャーの中からできれば逃げ出したいくらいだ。

感覚としては――かなり熱い風呂に肩まで浸《つ》かっている感覚だ。

入った瞬間つま先が針に刺されるくらいの熱さで、どうしても我慢できないわけじゃないけどすぐに出てしまいたい。

そんな感じのプレッシャーだ。

さて、このプレッシャーにどう接するか――と思ったその時。

『何、今の、ドラゴンと人間が喋《しゃべ》ってる？』

「ん？」

『ねえ、そこの人間。こっちの言う事がわかる？』

「俺に話しかけてるのか？」

『会話が通じた⁉　ねえ、そいつらを全員外に出して。気持ち悪くて卵から出たくない』

「……出れるのか？」

『とっくに出れるようになってるよ。でもすっごくおっかない雰囲気だから卵から出たくないんだよ』

「……」

俺は眉をひそめた。

まさか……そんな事で？　ラローズさん」

「どうかしましたか？　ラローズさん」

「シャルルさん」

「はい」

「この護衛をいったん全員外に出せませんか」

俺がそう言った瞬間、護衛達のプレッシャーが更に増した。

『ひぃっ！』

卵の中から、小さな悲鳴が聞こえてきた。

「どうしてですか？」

「全員が出れば、おそらく一分もしないうちに生まれます」

「……根拠は？」

「あんたは道中、俺とコレットが話してるのに一回も突っ込んでこなかった」

「……」

「それと同じ事ですよ」

「卵の段階で？」

「俺もそれにはびっくりしています」

そう言いながら、マスタードラゴンの卵を見る。

まさか卵の段階で話せるとは思いもしなかった。

「そうですか……わかりました。ラローズさんを信じましょう」

シャルルはそう言って、他の護衛に言った。

「皆さん、一度外へ」

護衛達は不承不承ながらも、雇い主のシャルルの言う事に従った。

次々と外に出た。

全員が外に出て、しばらくして。

パカッ、と。

卵の殻が割れた、綺麗な音が響いた。

「まさか本当に⁉」

「シャルルさんだけ入ってみてください」

それなら大丈夫だと思った。

卵が言ってきたのは、あくまで護衛のプレッシャーがきついからで。

シャルルだけなら大丈夫だろうと判断した。

シャルルは頷き、中に駆け込んだ。

すると。

「おおっ、本当に生まれている！」

と、興奮しきった声が聞こえてきた。

そして、シャルルは興奮したまま出てきた。

俺の前に立って、手を取って。

「ありがとうございますラローズさん、本当にありがとうございます！」

と、かなり強めの感謝をしてきた。

65. 最高の報酬

ものすごく「広いリビング」の中、俺はコレットと二人でいた。

造りは屋敷のリビングだが、ソファーやテーブルは人間用のサイズなのに、部屋そのものは普通の五倍以上の広さがある。

これもやっぱりドラゴンが一緒にいる前提で造られたのかな、と俺は思った。

実際、ソファーに座っている俺の後ろでコレットがのんびりくつろげるほど、部屋はものすごく広かった。

一事が万事、セントサイモンは全部がこうなんだなあ、と感心していた。

「そういえば」

俺はふと思い出して、背後にいるコレットに話しかけた。

『なに？』

「コレットも、卵の中にいる時から外の声が聞こえてた？」

『そうだね……あたしは、うん、なんか声がするって思ったから、殻を割って外に出た』

「なるほど。殻の中にこもったまま、って考えはなかったの？」

『嫌な相手が外にいるってわかってたらそうだったかもね』

「ふむふむ」

そう考えると、今回のケースもそんなに珍しい事じゃないのかもしれないな。

マスタードラゴンの卵、というかその存在自体がものすごく高価なものだ。

シャルルと同じレベルで警護する持ち主はかなりいたはずだ。

もちろん、そこでドラゴンの性格にも関わってくる。

ああいうプレッシャーを物ともしない性格の子もいれば、怯《おび》える子もいる。

……。

それが卵の孵《かえ》る長さにも繋《つな》がってたのかな？

そして俺以外の人間はドラゴンの言葉なんてわからないから、そういう事もわからない、と。

なるほどなあ。

状況を整理しつつ、色々納得していると。

がちゃり、と。

ドアが開いて、シャルルが入ってきた。

入ってきたシャルルは上機嫌だった。

俺に会いに来た時からずっと笑顔だったが、今は輪をかけて機嫌がよさそうな感じだ。

それだけでもう、聞くまでもないという感じだったが、シャルルが俺の向かいに座るのを待ってから、一応聞いてみた。

「上手《うま》くいったのか」

「ええ、全てが順調です。ドラゴンの仔も至って健康。それもこれもラローズさんのおかげです」

「そうか、それはよかった」

「後学のために、何故《なぜ》それがわかったのか聞かせていただいても？」

「ふむ」

「ラローズさんは、ここまでの道中あなたのお連れ様と話している事を尋ねてこなかった、と仰《おっしゃ》っていましたが……卵とも話せるのですか？」

「厳密には少し違う」

俺は頭の中で一度まとめてから、シャルルに説明した。

実はドラゴンと話せるという事と、今回のドラゴンが卵の中に引きこもっていたという事を。

簡潔に、シャルルに説明してやった。

「つまり……怖がって出てこないのを、ラローズさんがその声を聞いて理解した、と」

「そういう事だ」

「なるほど、そうですか」

「ヤケにあっさり納得するもんだな。そういうのは初めてだ」

「超一流の竜騎士が、他者が持ち得ない固有のスキルを保持しているのはなんら不思議な事ではありません。だからこそ超一流たり得るのです」

「……そうか」

目の前の男こそ超一流だろうな、と褒められながらそう思った。

「ラローズさんの説明で納得しました、そして、ぞっとしました」

「ぞっとした？」

「あのままラローズさんに来ていただけていなかったら、孵らない事にやきもきしながらも、卵に手を出す事ができずに更に警備を増やしていた事でしょう」

「……そうなるとますます殻に閉じこもったままだったろうな」

「ええ、そうなると……想像もしたくありません」

俺は小さく頷《うなず》いた。

巡り合わせではある、が、俺が打開のキーマンだったのは間違いない。

俺は、感謝をすんなりと受け入れた。

「やはりラローズさんに頼んでよかったです。感謝の気持ちを是非受け取ってください」

「ああ」

「こちらがお支払いする報酬です」

シャルルはそう言って、懐《ふところ》から教会札を取り出して、テーブルの上に置いて、すぅ、と滑らせて俺に渡してきた。

俺はそれを手に取って、確認して――びっくりした。

「600万リール!?」

「はい」

「300万だったはずじゃ?」

「成功報酬です。今回の件を解決してくださった立役者。これくらいはお支払いして当然です」

「……そうか」

俺は頷き、教会札を受け取った。

マスタードラゴンの性質を考えれば、きっとこれでも安いんだろうな、となんとなく想像がつく。

「本当にありがとうございます。また何かありましたら力をお貸し下さい」

シャルルはそう言って、俺をまっすぐ見つめてきた。

「ああ」

差し出した俺の手を、シャルルは待っていたかのように握ってきた。

６００万リールよりも。

シャルルという男との繋《つな》がりを持てた事が、今回の一番の収穫だった。

66．ユニーク竜具

「本当に、ありがとうございました」

シャルルが屋敷の表まで出てきて、俺達を見送った。

俺とコレットが歩き出し、角を曲がって互いに見えなくなるまでの間、ずっと頭を下げたままだった。

やっぱり大物だなあ、と改めてしみじみ思った。

セントサイモンの街中を歩く。

並んで歩いているコレットが話しかけてきた。

『よかったの？　あいつ、パーソロンまで送ってくれるって言ってたけど断って』

「ああ、せっかくセントサイモンまで来たんだ、色々見て回りたいだろ、この街を」

俺はそう言い、あごをぐいっとやって、街全体を「指す」ジェスチャーをした。

他のどの街とも違う感じがする、竜都セントサイモン。

この街にまだまだ興味が尽きないってのは事実だ。

「それに、あそこまで至れり尽くせりだと胃もたれもする。コレットもそうだろ」

『うん、あんな風に運ばれるのはもう嫌だ』

コレットははっきりとそう言い放った。

シャルルはまったくの善意——というか俺をよいしょするためにコレットも優遇するという形を取ったのだが、そういうのはドラゴンであるコレットにはすこぶる不評だったみたいだ。

「ああいうのじゃなくて、別の形で特別扱いされるとしたら、どういうのがいい？」

俺は歩きながら、コレットに聞く。

シャルルに伝えてこっちから「おねだり」するのはかっこ悪いからするつもりはない。

コレットの好みを知って、普段からそれとなくそれに寄せるためだ。

ドラゴンの言葉がわかる俺が、次々と違うドラゴンを仲間に迎えてわかった事が一つある。

ドラゴンは、気持ちを人間に全部伝えようとはしない。

常になにかを腹の底に隠し持っている。

それは隠し事とかそういうものではなくて、言えない、言い出しづらいというたぐいのものだ。

コレットがその最たるものだ。

クリスは何かに気付いている、コレットが俺に何か思うところがあるのを。

それでコレットをからかっていて、二人はいつもじゃれ合っている。

そういう感じのものをルイーズやエマなど、他のみんなも大なり小なり持っている。

だからできればそういうものを本人の口から聞き出して、それとなく対応できればいいな、と思った。

『されたい特別扱いって事？』

「そうだ」

『……うーん、ご飯食べるための部屋がほしい、かな』

「ご飯食べるための部屋？」

『普通くらいだったらいいんだけど、周りがうるさすぎると、ご飯呑《の》みこんだ時に違う胃袋に入れちゃう事があるの』

「それって、普段荷物運びに使ってもらってる方？」

『そう』

コレットははっきりと頷いた。

「そういう事があるのか」

『そういう時は反芻《はんすう》して元の胃袋に戻すんだけど、ご飯じゃん？　あっちの胃袋が汚れるから、水飲んで洗ったりしてめんどくさいんだよね』

「ふむふむ」

『だから、静かにご飯を食べるための部屋がほしい』

「そうか、それだと一人飯になるけどいいのか？」

『後で胃を洗うよりはずっといいから』

「わかった。そういう事ならパーソロンに戻ったらすぐに作ろう」

『いいの？』

「ああ、これくらい。むしろ早く言ってくれよ、くらいなもんだ」

『そっ。……ありがとう』

「ん」

思いがけず知った、コレットの悩み。

これなんだ。

これがあるんだ。

俺はドラゴンの言葉がわかる。

だからといって、すべてがわかったとは思わない。

言葉がわかるから、話してくれない事は逆にわからない。

だからこそ、話し合う努力、わかり合う努力は怠っちゃダメだと思う。

コレットの事を一つ多く知った俺は、コレットと一緒にセントサイモンの街中を歩いた。

『竜具の店が多いね』

「そうみたいだな。そりゃそうもなるか」

さっきから、「店」の七割以上が竜具屋か竜商人かのどっちかだ。

この辺はやっぱりセントサイモン、ドラゴンに完全特化した街ってところだろう。

「どこかに入るか、見た事ない竜具があるかもしれない」

『ん』

コレットに異議はないみたいだから、俺はどこか妥当な店を見繕って入ってみようと思った。

ふと、足が止まった。

一軒の小さな店に目が留まった。

ほとんどの建物が巨大化して、まるで巨人が棲《す》むような街並みの中、一軒だけ微妙にこぢんまりしている店があった。

こぢんまりしているとはいえ、他の街に持っていけばやっぱり大きいのだが、セントサイモンの中では小さい方だった。

小さい上に、なんだか古びた感じで、目立たない。

それがかえって気になった。

何故《なぜ》か、ものすごく気になった。

「ここに入ろう」

『なんで？　他にもっとおっきくて新しい店があるのに』

「……なんとなく」

『ふーん、まあいいけど』

コレットは深く追及する事なく、俺についてきて、一緒に店の中に入った。

「いらっしゃい……」

店の奥に、しわがれた声の老人が座っていた。

店の中にはいかにも古そうな道具が無造作に積み上げられている。

『うわ、きったな。ねえこんな所になんもないから他の店に行こ？』

コレットは入った瞬間すぐに出たがった。

が、俺はそんなコレットを宥《なだ》めた。

「少しだけいてくれ」

『えー』

コレットは不満がるが、微笑《ほほえ》みかけると渋々引き下がってくれた。

俺は店の中を見回しながら、店主に近づいていく。

なんというか……ますます気になった。

ここには何かがある、と。

「何を探してる」

「竜具を」

「その辺に転がってるから勝手に見とくれ」

「うーん」

俺は店のほぼ真ん中に立って、周りを見回した。

「――ッ！」

『どうしたの？』

「足がうずく……」

『足？』

俺は自分の足を見た。

体の感覚を確かめた。

するといつもより、存在しない爪の先端にチクッときたような感覚だ。

俺の頭の中に浮かび上がってきたのは、バラウール原種のレアを助けた時に卵の殻のそばにあったあの爪の事だ。

……あの爪か。

俺の体の中に取り込まれて、竜人変身の速度を爆上げしてくれた爪。

あれが、実際はついていないのについてるような感じがして、その先端に痛みを感じた。

それがただ痛いってだけじゃなくて、何かに反応しているかのようだった。

俺は周りを見回し、歩き回ってみた。

すると、ある方角に反応して、痛みが心臓の鼓動のように強くなった。

それを頼りに、一つの竜具の前に立った。

それは、馬の鞍《くら》のようなもので、ドラゴンにつける大きなサイズのものだった。

それに手を触れた。

「これは……他と違うぞ」

「当たり前だ」

つぶやくと、それまで黙っていた店主が俺の言葉に反応した。

「若いの、鼻が利《き》くな」

何故か褒められた。

店主はベースの無愛想な表情に、ほんの少しだけ楽しげに口角を持ち上げた。

「そいつはユニークだ」

「ユニーク？」

「この世に一つしかない、特定の種のための竜具だ」

「ユニーク……」

俺はそれを見つめた。

「どういうものなんだ、これは？」

「そこのムシュフシュ種につけるもんだ」

『あたしに？』

「つけると、いくら腹の中に物をおさめても、体がまったく大きくならない」

「大きくならない？」

「そうだ、ずっと普段のままだ」

『ほ、ほしい！』

コレットは店主の説明に食いついた。

俺がコレットの方を向くと、彼女は恥ずかしそうに、顔を赤くして背けてしまった。

体が大きくならない。

　ムシュフシュ種は、腹の中に消化に使わない胃袋を複数持っている。

　それを竜騎士が運搬に活用するのだが、腹の中に物を入れている時は、ムシュフシュ種の体が風船のように膨れ上がる。

　どういった理屈かはわからないが、この「ユニーク」をつけるとそうならないって事か。

　俺はユニーク竜具を見た。

　根拠はないけど、これは「本物」だと思った。

「よし、買った。いくらなんだこれは」

「500万リール」

「わかった」

　俺は頷《うなず》き、店主に向かっていって、懐《ふところ》に入っている協会札を取り出して、500万リール分数えた。

『ええええ!?　い、いいの?』

「ほしいんだろ?」

『それは、そうだけど……』

「だったら問題ない」

『あ、ありがと……』

コレットは申し訳なさ半分、嬉《うれ》しさ半分って感じでお礼を言ってきた。

「いいのか若いの、試しもせんで」

「ああ、あれは本物だってわかるからな」

「ほう……」

店主の目が片方だけ一瞬見開かれて、キラン、と光ったような気がした。

「何故そう思う」

「わかるんだ。たぶん呼ばれたんだと思う」

「ふむ」

店主は頷いた。

「よし、だったら半分でいい」

「半分？」

「250万って事だ」

「いいのか？」

これには驚いた。

何も言ってないのに、向こうから半額にしてきた。

「ガラクタの山からそれをピンポイントで見つけ出した眼力。それが気に入った」

「しかしいくら何でも……」

「商売でやってる店じゃねえ。なんならタダでもいいぞ、んん？」

「さ、さすがにそれは」

そこまで行くと申し訳がなさ過ぎる。

俺は慌てて、２５０万リールを教会札で払った。

こうして、俺は初めてのユニーク竜具を手に入れた。

67．空中戦

そういえば——。

「ユニーク竜具ってどうやって作られるんだ？」

俺は店主に聞いてみた。

何となく興味が湧いた。

「さあな。ユニークの竜具は大抵、竜具職人の生涯の集大成！　って感じの代物が多くてな。作った本人でさえ再現できない場合が多い」

「一点物の名画みたいな感じか」

「面白いたとえだな。だが、その通りだ」

店主は楽しげに笑いながら、俺のたとえに同意してくれた。

「ユニークはそうだが、レア程度のものなら知ってるぞ」

「どんな感じなんだ」

「ドラゴンの肉体の一部で作るんだ」

「そうだ、それをドラゴンベクターっていうヤツに食――」

「ドラゴンの肉体の一部？」

「フェニックスホーンみたいなものか」

店主の話を聞いて、俺はそれを思い出した。

フェニックスホーン、ドラゴンの肉体の一部――って聞いてクリスの骨でできたそれの事を思い出したのだ。

「近いが、ちょっと違うな。あれは『特別』過ぎて、手を加えなくてもそれ自体が一点物で、力を持つ。故に単独で神具と呼ばれている」

「ああ」

なるほどと思った。

確かに、フェニックスホーンは特別だ。

「が、まあ。本質は同じだ。ドラゴンの肉体はそれなりの『力』を持つ。それを上手《うま》く加工したのがレアランクの竜具って事だ。もちろんどんなドラゴンでもいいってわけじゃないから、数は少ないがな」

「なるほど」

「卵の殻を使う事も多いな」

「卵の殻!?」

「驚くほどの事じゃない。人間も胎盤を薬に加工したりするだろう？　あれと同じだ。卵の殻は生まれる前のドラゴンを守るもの、ドラゴンの『肉体』の中でも特別なものだからな」

「……ありがとう、参考になった」

俺は店主にそう言って、コレットに目配せして、一緒に店を出た。

店を出た後、俺は早足で歩いて行く。

コレットが後ろからついてくる。

『どうしたのいきなり』

「レアだ」

『レア竜具がどうしたっていうのさ』

「そうじゃない、レアだ。うちにいるレア」

『ああ、ややっこしいわね。あの子がどうしたの？』

「あの子の卵の殻が、生まれた場所に置きっぱなしのままだ。バラウールの原種、しかもたぶんマスタードラゴンの卵だ」

『――!?』

「何かありそうな気がする。回収したい」

『戻ろう！』

「ああ」

俺はコレットを連れて、急いでセントサイモンを発《た》って、パーソロン方面に戻っていった。

☆

道中急ぎ足で、行きの三分の二くらいの時間でパーソロンの近くまで戻ってきた。

そしてパーソロンには戻らず、ヒムヤーの山にやってきた。

姫様を助け、レアを助けた縁のある山だ。

山に入って、記憶頼りに山道を進む。

『この先かしら』

「ああ、あそこを曲がったら――待て」

俺は手を真横に突き出して、立ち止まった。

横を歩くコレットも立ち止まった。

『どうしたの？』

「……なんかいる」

『え?』

俺は道の先を凝視した。

何かはわからないけど、間違いなく「何か」いる。

「……コレットはここで待っててくれ」

『あたしも――』

「戦闘になるかもしれない」

『――!』

コレットはぐっ、と息を呑《の》んだ。

戦闘になるかもしれない、と言われて言葉を失ったのだ。

ムシュフシュ種は決して戦闘向きではない。

コレットの性格で他の種だったら戦闘の時はすごく頼もしかっただろうが、あいにく彼女はムシュフシュ種だ。

戦闘の可能性が見えているのに連れて行くわけにはいかないし、本人もそれを理解している。

『……竜玉すぐに届けられる距離にいるから』

「ありがとう」
聞き分けがよく、自分のポジションを一瞬で見つけるコレット。
そんなコレットの頭を撫《な》でてやってから、深呼吸一つ、単身で先に進む。
進んで、角を曲がった。
すると、レアの卵と例の爪が落ちている、開かれた場所に出た。
そこに、何かがいた。
ウサギ程度の小動物が、卵の殻のそばにいる。
そして、殻をボリボリ貪っている。
「食べてる……のか？」
つぶやき、これはどうするか――と思ったその時。
小動物の体に変化が起きた。
体の中から黒いオーラが漏れ出して、体そのものが膨れ上がった。
まるで変身をしているみたいだ。
「なんだ、これは……」
『ドラゴンベクターだよ、きっと！』
背後の少し離れた場所から、コレットが大声で叫んでいた。

ドラゴンベクター……。

『そうだ、それをドラゴンベクターっていうヤツに食――』

俺はハッとした。

店主から聞いた言葉、途中で性急にも遮ってしまった言葉。

あの後はきっと、食べて処理して、力のある何かに変える――的な意味の言葉が続いていたんだろう。

その言葉が、目の前の状況にぴったり合致していた。

そうだという確証はないが、そうだろうと納得した。

納得はしたが、どうするか。

俺が悩んでいると、レアの卵を食べて変身していたそいつがこっちに気付いた。

背中を向けていたのが、ぐるり、と首だけこっちを向いた。

目が――真っ赤に爛々《らんらん》と輝いていた。

その目の光から、敵意らしきものを感じ取った――瞬間！

「――っ！」

俺はとっさに腕をクロスさせて、ガードした。

ものすごい速さで何かが飛んできて、ガードの上にぶつかった。

「くっ！」

ガードが吹っ飛ばされて、よろめき、二、三歩後ずさった。

『シリル!?』

「大丈夫だ！」

ガードごと吹っ飛ばされて数歩よろめいたが、逆に言えばその程度のものだった。

俺はぱっと周りに視線を巡らせ、状況を把握する。

変身しきって、人間と同じくらいのサイズになって、黒いオーラを纏《まと》っているそいつが、数十メートル離れた先の木の上でこっちを睨《にら》んでいた。

敵意は相変わらずだ。

だが――その程度だ、と俺は判断した。

不意を突かれたスピードはすごいが、それでもガードを吹っ飛ばして数歩よろめいただけですんだ。

ならば。

そいつが再び飛びかかってきたのに合わせて、俺は「変身」とつぶやいた。

竜人に変身する。

スピードなら負けない、バラウール原種の爪を取り込んだ竜人状態なら負けない。

そしてパワーは変身後、圧倒しているはずだ。

そう思っての変身――だったのだが。

「くっ！　速い！」

そいつは俺の予想以上に速かった。

変身して飛びかかってきたのを捕らえたかと思いきや、寸前で着地して強引な方向転換をされて、背後に回られた。

とっさの判断で振り向いて捕らえようとするが、そいつは更にスピードを上げて、振り向いた時にはもういなかった。

そして――スピードが乗った体当たりをしてくる。

「ちっ」

思わず舌打ちした。

攻撃力は想像した通り大した事はなかった。

変身前はよろめいてガードした腕が痺《しび》れたが、変身後はまったくダメージにならなかった。

速度は紙一重で負けているが、攻撃力と防御力ではこっちが圧勝している。

この差なら、長丁場になれば１２０％勝てる――のだが。

「くっ！」
変身が解けて、その場で膝をついた。
そうだ、長丁場は無理だ。
俺の竜人変身は数秒、長くて十秒程度しか維持できない。
スタミナ――という意味だと俺とヤツの優位性が更に逆転する。
そしてそれは、致命的だった。
『シリル！』
コレットは叫んで、竜玉を作り、飛ばしてきた。
俺はそれを受け取り、躊躇《ちゅうちょ》なく腹の中に飲み込む。
失ったエネルギーが一瞬で回復した。
回復した後、俺はガードし続けた。
腕をクロスさせて、亀のような姿勢をとる。
相手は速度を上げて、四方八方からスピードが乗った体当たりをぶつけてきた。
その都度俺はよろめき、体にそこそこの痛みが走る。
この程度なら――
「くっ！」

『シリル！』

コレットが声を上げた。

肩に焼けつく痛みが走る。

体当たりだけだったのが、肩を噛《か》まれた。

肉をごっそり持っていかれるタイプの噛まれ方で、肩から血が噴き出した。

「……逃げるぞ」

『う、うん。大丈夫』

「大丈夫だ」

俺はそう言って、コレットを押した。

彼女を先に行かせて、俺が敵を引きつけつつじわじわ後退。

竜人状態でいられる時間は残り数秒しかない。

逃げ切るためにはどこかでちゃんとした一手を打たないといけない。

そう思いつつ、下がり続けた。

下がっていると、姫様を助けた所、崖の上にやってきた。

瞬間、脳裏に電流が走る。

「コレット！　とにかく全力でパーソロンまで走れ！　振り向くな！」

『あんたはどうすんのよ！』

「いいから行け！」

『──ばか‼』

なんで罵られたのかわからないが、コレットはパッと走り出した。

ムシュフシュ種だから走るのは決して速くないが、それでも普通の人間よりは大分速いスピードが出る。

その速度で、山道を駆け下りていった。

距離が離れて、敵が完全にコレットじゃなくてこっちに狙いを定めていると確信してから──飛び降りた。

俺は、崖から飛び降りた。

姫様が馬車ごと落ちたあの崖を飛び降りた。

敵が追いついてきた。

空中を飛んで追ってきた。

飛びかかってくる時に加速したせいか、俺が先に飛び降りたのにもかかわらず途中で追いつかれそうな勢いだ。

そうして、二人とも空中を落下する。

「……変身」

地面に墜《お》ちる直前、俺は変身した。

人間のままだったら大けが——打ち所が悪ければ即死もあり得たのだが、竜人の頑丈さでほとんどノーダメージだった。

逆に、地面に墜ちた反動をつけて、飛び上がった。

落ちてくる敵、飛び上がった俺。

俺は敵に迫った。

そいつは驚いた。

反撃してきた。

「甘い」

反撃はぬるかった。それをガードして、握った右の拳を放つ。

そいつは——避《よ》けられなかった。

速度は俺よりも速いのだが、それはあくまで地上での速度。

バラウール種・原種どっちもそうだが、飛行能力はない。

いくら速くても、空中で方向転換はできない。

俺の拳はそいつの左頰に突き刺さり——顔ごと吹っ飛ばしてしまった。

「……やりすぎた」

飛び上がり、勢いが衰えて着地するまでの間。

俺は、先に墜落した敵の死体を見て、苦笑いするのだった。

68. 親の遺産、子供の財産

『シリル！』

着地して、敵の死体を見下ろしている俺に向かって、コレットが叫びながら崖を駆け下りてきた。

能力が「移動」に特化していない種もあってか、前にここで駆け下りたルイーズに比べてややスムーズさに欠けるが、それでもドラゴン、持ち前の高い身体能力で難なく下りてきた。コレットは俺の指示に反して、戻ってきたのだ。

そして下りてきたコレットは、俺の前に立った。

『大丈夫だった⁉』

「ああ、大丈夫だ。ほら」

俺はそう言い、あごをしゃくった。

コレットは倒れている敵と、俺の姿を交互に見比べた。

はっきりと俺が「勝った」構図を見て、ようやくほっとして、落ち着いたようだ。

『よかった……』

「心配してくれたのか、ありがとう」

『べ、別に！　怪我《けが》してるあんたを運んだらお腹《なか》の中が血で汚れるし！』

コレットはそう言って顔を背けてしまった。

お腹の中が汚れるか、ちょっと前にもそんな事を言っていたし、よほど大変なんだろうな。

「まあ、それなら大丈夫だ。怪我してても竜玉さえ残ってれば。竜人に変身できれば、その瞬間回復するから」

『そ、そうだよね。竜玉、いる？』

「まだ大丈夫だ」

一瞬の反撃、エネルギーを使いきってはいないから、補充は大丈夫だ。

何が起きるのかわからないから、パーソロンに戻るまでは節約できるだけ節約しよう。

『あっ』

「どうした」

『あれ』

何かに気付いたコレットの視線を追いかけた。

すると、頭ごと吹っ飛ばした敵の死体がシュウゥゥ……と音を立てて消えていく。

瞬《また》く間に完全に溶けるように消えて、そこに小さな靴が残った。

靴は全部で四つあった。

『なにあれ』

「たぶん……ドラゴンベクターだろうな」

『やっぱりそうだったんだね』

竜具屋の老店主が言っていた、ドラゴンベクター。

「さっき見かけた時、レアの卵をむしゃむしゃ食べてた」

『そっか……だったらこの靴はあの子用って事かな』

「……そういう事だろうな」

『持ってかえってみよう』

「ああ」

俺達は頷《うなず》きあって、ドラゴンベクターから出現した靴を回収して、山を下りてパーソロンへの帰途に就いた。

☆

「ただいまー」

拠点パーソロン。

もと荘園《しょうえん》であるそこの、いわば村の入り口を通ったあたりで、俺は声を張り上げた。

すると――。

『おとうさんだ――』

ドドドドド――という感じで、レアが「村」の奥から走ってきた。

姿さえ霞《かす》んで見えそうな距離から、一瞬で距離を詰めてきたバラウール原種のレア。

そのレアが、ダッシュしてきた勢いで俺にタックルしてきた。

「おっとと」

そのレアを抱き留める。

速度は凄《すさ》まじいが、小柄だから人間の姿のままでも何とか抱き留められた。

『おかえり、おとうさん』

「ただいま。レアにプレゼントがあるんだ」

『プレゼント?』

「ああ」

俺は頷き、レアを地面に下ろす。

そしてコレットの方を向き、手を差し出す。

すると、コレットが腹の中から例の靴を吐き出した。

俺の手の平にのった、一足――いや二足？　の靴。

何となく頭の中でこんがらがった。

靴の単位の「足」って、一つなのか二つなのか。

手袋とか靴下は双子の「双」を使う事があって、一双とか二双とか――「双」という言葉で×2という事がわかる。

足っていうのがわかりづらいなあ……と、どうでもいい事を一瞬思ってしまった。

そんな二足だか四足だかの靴を、しゃがんでレアの前に置いた。

「うーん、すごいな。レアの大きさにぴったりだ」

『これは？』

「レアの靴……のはずだ」

『くつ？』

「履いてみて」

『どうやって？』

レアがちょこん、と可愛《かわい》らしく小首を傾《かし》げた。

幼いドラゴン、靴の履き方なんて知らないようだ。

まあ、ほとんどのドラゴンは靴なんて履かないしな。

「履かせてあげる。前足を上げて」

『こう？』

レアは両方の前足をいっぺんに上げて、まるで人間のような二本足で立ち上がった。

その姿が妙に可愛らしかった。

「あはは、それでも大丈夫だ」

俺は笑いながら、レアの上げた足に靴を履かせた。

まるでそれだけの為《ため》に作られたかのように、靴はぴったりとレアの足に収まった。

『わあぁ……』

「今度は後ろ足な」

『うん！』

レアは頷き、今度はぺたんと座って、後ろ足の二本を突き出した。

四本足故に、尻で座って後ろ足を突き出すと、妙に短く見えて、さっきとはまた違う可愛らしさがあった。

クスリと笑いながら、後ろ足にも靴を履かせてやる。

「うん、おっけーだ」
『もういいの？』
「ああ。…………たぶん、走ってみな」
『うん！』
レアは大きく頷いて、素直に俺に言われた通りに走り出した。
『ビュ――――――ン』
楽しそうに声を上げて、走って行くレア。
元荘園の中を縦横無尽に駆けずり回る。
『……なにも変わってないね』
「変わってないな」
コレットが言い、俺が頷いた。
最初は、レアが速くなると思った。
バラウール原種はとにかく速い。
だからもっと速くなるのか？　って予想してたわけだ。
だけど、靴を履いて上機嫌に駆け回ってるレアは、前と変わらない速度だった。
『子供だから加減とかしてないよね、あれ』

「ああ、たぶん何も考えてなくて思いっきり走ってるはずだ」

『じゃあ意味なかったの？』

「そうだな……」

俺とコレットが首を傾げ合っているところに、レアがパーソロンの中を一周して、戻ってきた。

『おとうさん！』

「おう、どうだった」

『ありがとうおとうさん！　これ、ぜんぜん疲れない』

「疲れない？」

『うん！』

「走っても疲れないって事？」

『そうだよ！』

レアは頷き、もう一度走り出した。

まったく同じ速さで、まったく同じコースでまたパーソロンの中を走った。

『そういえば遅くならないね』

「いや、遅くならないのは前からだ――子供だから」

『うん、でも前より全然疲れてなさそう』

「……そうだな」

俺は頷き、コレットの言う事に同意した。

なるほど、速さじゃなくてスタミナの方か。

『あたしのと同じだ』

「うん？」

『入る量じゃなくて、入れても太って――じゃなくて、大きくなって見えない感じの』

「ああ」

俺は頷いた。

コレットの言い直した言葉で何か気付きそうだったが、気付かない方がいいかなと思ってスルーした。

そうか、直接的ではなく、間接的なところを強化したのか、あの靴は。

「まあ、なんにせよ。それでより元気に駆け回れるのならいい事だ」

『それに付き合う心友の体力が心配ではあるがな』

「うわっ！　クリス、いつからそこに」

俺はびっくりして、背後に振り向き、見上げた。

いつの間にか現れたクリスは、にやにやして俺を見下ろしていた。

『心友の声が聞こえたのでな。それよりもなかなかやるではないか心友、一度の遠征で二つも面白い道具を持ち帰るとは』

クリスは楽しげに言った。

二つっていうのは、コレットのヤツも入れての事だ。

「コレットのは金で買ったものだけどな」

『くはははは、ではなおさらだ。人間界で本当のお宝は金があっても買えぬ事が多い。人間は嫉妬深い、無意味に隠すからな』

「まあ……そういう事がないとも言えないけど」

俺は微苦笑した。

確かに金があっても買えないものがあるってのはその通りだろうなと同意した。

『それにしても』

「うん？」

『あの靴はちびと同じ匂いがするな。さしずめ素材は卵の殻あたりか？』

「お前はエスパーか」

『くはははは、神の子である』

クリスは得意げに大笑いした。

大いばりだが、さすがにさすがだと言うほかない洞察力だった。

『しかし、これは面白い』

「なにが？」

『自分の卵の殻で作った強力な竜具を纏《まと》った状態であろう？　一方で、心友はその親の爪を竜人の姿に取り込んでいる』

「……？」

『この状態で契約をすればどうなるかな』

「――っ‼」

びっくりして、目を見開く俺。

クリスの顔は、何か確信めいた、そんな表情だった。

69. 進化

『どうだ、やってみるか』
「ああ」
俺はほとんど考えずに即答した。
即答したのは、クリスを信頼しているからだ。
クリスは確信なくそんな事は言わない、そして俺をはめる事もない。
彼がそれを言い出したからには、確実に何かがあるという事だ。
だったら、やらない理由はない。
俺は頷《うなず》いた後、声を張り上げて、呼んだ。
「レアー！　ちょっと来て――」
大声で呼んだ直後、タタタタタタ――と、レアが猛然と走ってきた。
パーソロンの中を駆け回っていたのが、まったく同じ速度で引き返してきた。
そして――ドン！

最後はジャンプして、俺に飛びついた。

俺はレアを受け止めた。

『おとうさん、呼んだ？』

「ああ、ちょっと頼みたい事がある」

そう言いながら、レアをゆっくり地面に下ろす。

「ちょっと契約をしてくれないか」

『どうすればいーの？』

「クリス」

『うむ』

クリスは頷き、大分なじみになった魔法陣を俺とレアの横に作った。

俺は先に、指の腹を裂いて、血を一滴魔法陣の中に垂らした。

先にやって見せた後、レアに振り向いた。

「同じようにしてくれる？」

『わかったー』

俺が先にやって見せたから、レアは同じようにやった。

まだ成長していない、幼竜の短い前足をバタバタさせて、自分で肌に傷をつけて、同じように血を魔法陣に垂らした。
契約の魔法。
俺とレアの血が混ざり合って、光になる。
その光が俺の体に吸い込まれる。
さて、これで――。
ドックン――。
心臓が一際《ひときわ》大きく跳ねた。
同時に――「世界」が一変した。
周りの景色が、全ての色が「反転」した。
白が黒に、黒は白に。
全ての色がその対極にあるものに変わった。
同時に、全てが停止した。
クリスもレアもコレットも。
そして、ありとあらゆるものが。
風さえも静止した、まるで世界そのものが止まったかのようだ。
「何が起こってるんだ……？」

俺が首を傾《かし》げていると、状況が更に変化した。

色が反転した魔法陣の光の中から、人間の姿をした何者かが現れた。

それは——俺とまったく同じ姿をしたものだった。

目の前に現れたそいつは、まるで鏡を覗《のぞ》き込む錯覚に陥るかのような、それくらい俺にそっくりな「何か」だった。

反転した世界の中で対峙《たいじ》した、俺に似た何か。

何者だ——と首を傾げていると。

「——っ、変身‼」

俺はとっさに叫び、竜人に変身した。

それでも避けられなかった。

相手が先に変身したのだ。

俺と同じ竜人の姿に変身して肉薄してきた。

変身はぎりぎり間に合ったが、右頬を撃ち抜くような拳を強《したた》かに喰《く》らってしまった。

吹っ飛び、空中にきりもみに回転する俺。

「ふん！」

それでも、変身は間に合っている。

空を蹴って、回転する力を打ち消す。

回転が止まって、キッ！　と相手を睨《にら》む。

空中に飛び散る俺の口から吐き出された鮮血。

その向こうに、竜人の姿の俺もどきがいた。

俺はそのまま空を蹴って、突進する。

俺もどきに肉薄して、反撃する。

至近距離で拳を放った。

両腕を握って、無呼吸で一気にラッシュを放つ。

しかし、俺もどきは同じ事をしてきた。

立ったまま俺を迎え撃ち、まったく同じように拳のラッシュを放ってくる。

「――っ！　うおおおおお！」

怒号とともに、更にラッシュを放つ。

拳の密度を上げる。

全力でパンチを放ったが――相手はまったく同じ速度でパンチを放って、一瞬にして数百発のパンチを打ち合った。

まったくの互角。

速度もパワーも、俺とまったく一緒だ。

見た目だけでなく、能力までまったく一緒。

どういう事なんだ？

ふと、俺はある事に気付いた。

ラッシュで打ち合う中、やたらと長く動けている事に気付いたのだ。

この反転した世界の中では竜人化が長く維持できるのか？

そう思ったが、違ったようだ。

ちらりと、視界の隅に血が見えた。

俺が殴られて、吹き飛ばされた時に吐き出した血だ。

それが、空中でゆっくりと拡散している。

変身できる時間が長くなってるわけじゃない。

同じ速度を持ったやつを相手に、短い時間の中でもやれる事が多くて、それで体感時間が長くなっているだけだ。

竜人変身は数秒でエネルギー切れになるのが、体感では既に三十秒近くラッシュの打ち合いをしていた。

打ち合いだけでは埒《らち》が明かない。

と、俺はラッシュの打ち合いの勢いを利用して、地面に着地した。
着地するや否《いな》や、地面を蹴って、俺もどきの死角に潜り込むように迫った。
が、ダメだった。
俺が全力で迫っても、相手は俺とまったく同じ速度、同じパワーを持っている。
死角から攻めようとする俺に対応し、真っ正面から向き合って反撃してきた。
奇襲は防がれたが、このままではまた埒が明かない。
俺は更に速度を限界まで上げて、飛び回って、攻撃をしかけた。
しかし、向こうも同じ事をしてきた。
戦いがそれなりに長引いて（たぶん実時間は二秒も経《た》ってない）、わかった事がある。
スピードとパワーだけじゃない、やっている事も同じだ。
俺が今まで竜人変身で実際にやった事、した動きをしてきた。
本当に鏡を覗き込んでいるんじゃないか、と思うくらいまったく一緒だった。
まったくの互角、このままでは何秒何分何時間やっても勝負がつかないだろう。
――が、俺はある事に気付いた。
向こうが先に変身した。
だったら、竜人変身の最大の弱点。

エネルギー切れも、向こうが先に来るはずだ。

先に変身をされて不意を突かれたのと同じように、向こうのエネルギーが先に切れたら、その時はこっちの番だ。

そしてそれがいつ来るのか——俺にはわかる。

俺が切れるちょっと前だ。

よし、それなら勝てる。

それがよくなかった。

はっきりと「勝てる」と思った瞬間、一瞬の気の緩みがあった。

その気の緩みが決定的な隙になって、俺もどきが一瞬で懐《ふところ》に飛び込んできた。

そいつは攻撃態勢に入った。

瞬間、「世界」は更に遅くなった。

竜人の姿をした俺もどきの動きが、まるでおちょくってるのかと思うくらい、遅くなっていた。

こんなに遅いんならやっちゃうぜ——と思ったが。

「——っ！」

俺も動けなかった。

動こうとして、動けなかった。

いや、違う。

動けないんじゃない。

正しくは相手と同じ「遅さ」でしか動けなかった。

更に次の瞬間、目の前に様々な光景が浮かび上がった。

それは、今までの人生のダイジェストのようなものだった。

走馬灯。

その言葉が頭に浮かび上がり、俺は、俺もどきに決定的な隙を見せてしまった事で、このままやられるんだと理解した。

もはや間に合わなかった。

俺と同じ能力、同じスピードに同じパワーを持った相手。

ここまで決定的な隙を見せてしまうと、もはやどうにもならない。

俺は、諦めた。

……。

…………。

…………。

その時だった。

更に時間が遅くなって、完全に止まったかのようだ。

そして、そこにまるで天啓のように「降りて」くる声。

——限界の向こうへ。

「——っ!」

その言葉の意味を理解するよりも早く、俺はそれに反応した。

体が反応して、動き出した。

静止した世界が、再びゆっくりと動き出す。

俺はぐっと地面を踏み込んで、蹴って、真横に飛び出した。

「世界」がほとんど止まっている。

その止まりかけている世界の中で、エネルギーを全て放出した。

おそらくは後一秒は動けるくらいのエネルギーを、その百分の一秒の間に出しきった。

スピードがある程度を超えると、目で追いきれず残像となって、それが結果として分身しているように見える。

俺は、百人に分身した。

百人に分身して、俺もどきを取り囲んだ。

そして——一斉攻撃。

「百竜……爆衝！」

百人分のパンチを、一瞬のうちに俺もどきに叩《たた》き込んだ。

次の瞬間、まるでガラスが割れたかのような感じで、「世界」が弾《はじ》けた。

弾けて、光の粒子になってパラパラ降り注ぐ中、百発の竜人のパンチを受けた俺もどきが、ぐにゃりと歪《ゆが》んで、弾けて、バラバラになって砕け散った。

そして、「感覚」が完全に戻る。

『くはははは、殻を一つやぶったようだな、心友』

「……ああ」

俺は頷《うなず》き、クリスを見つめて、微笑《ほほえ》み返した。

そして、自分の体の調子を確認する。

「コレット、竜玉はまだあるか」

『え？　う、うん』

何が起こったのかわからない、という感じで戸惑っていたコレットが、俺の要請に応じて竜玉を出してきた。

俺はそれを飲み込んで、消耗したエネルギーを補充して、再び変身する。

そして、竜人の状態をチェックする。

軽く動いて、スピードとか体の状態をチェックする。

「……なるほど」

『どうなったの？』

「二つある」

俺は二本指を立てて、ピースサインのようにした。

「一つは、新しい『技』ができた。更にエネルギー消費が激しくなるが、その分強い」

『そうなんだ……もう一つは？』

「技を使わない状態なら、エネルギー消費はバラウール原種の爪を取り込む前の低さに戻ったが、爪によるスピードは残ったままだ」

『えっと……つまり？』

『くははは、爪分のエネルギー消費がなくなったわけだな』

「そうだ」

俺ははっきりと頷いた。

『そ、そうなんだ』

『うむ、よいぞ心友よ。上手《うま》く成長、いや進化したな』

クリスがそう言い、またまた大笑いした。

俺も――ちょっとにやけた。

レアの親が遺《のこ》した爪を取り込んで、ユニーク竜具をつけたレアとの契約。

その結果、能力が上昇する恩恵だけを受けて、デメリットが完全に消えた。

進化。

俺は竜人の姿の、次のステージに足を踏み入れたと、強く実感したのだった。

あとがき

人は小説を書く、小説が書くのは人。

皆様お久しぶり、あるいは初めまして。

台湾人ライトノベル作家の三木《みき》なずなでございます。

この度は『S級《エスきゅう》ギルドを追放《ついほう》されたけど、実は俺《おれ》だけドラゴンの言葉《ことば》がわかるので、気付《きづ》いたときには竜騎士《りゅうきし》の頂点《ちょうてん》を極《きわ》めてました。』の第3巻をお手にとってくださり、ありがとうございます！

嬉《うれ》し恥《は》ずかしの第3巻です。

こうして第3巻をお届けする事ができたのも、第1巻、そして第2巻を買ってくださった皆様のおかげでございます。

第1巻に続いて、第2巻も買ってくださった皆様のために、今回も期待外れとならないように、おそらくは気に入ってくださったであろうコンセプトをしっかり守った上で、最大限面白くなるように物語を作らせていただきました。

そのコンセプトはコミカライズにも引き継がれています。

本作は現在、同名タイトルとして、電撃コミックレグルスというレーベルで、複数のサイトにてコミカライズが連載されています。ドラゴンを道具としてではなく大事に扱うシリルと、そのドラゴン達が生き生きと動いている様子が描かれています。

小説とはまた違った魅力、しかし本シリーズの面白さをしっかり保ったマンガとなっております。

こちらも是非、一度読んでみていただけるとすごく嬉しいです。

最後に謝辞です。

イラスト担当の白狼《ばいらん》様。今回も素晴らしいドラゴン達をありがとうございます。

コミカライズ担当のひそな様。毎回一読者気分で楽しく拝読しております。

担当O様、今回も色々ありがとうございました！

ファンタジア文庫様、第3巻刊行の機会をくださって本当にありがとうございます。

そしてこれをお手に取ってくださった読者の皆様、その方々に届けてくださった書店の皆様。

本書に携わった多くの方々に厚く御礼申し上げます。

また本シリーズをお手元に届けられる事を祈りつつ、筆を置かせていただきます。

二〇二二年三月某日　なずな　拝

お便りはこちらまで

〒一〇二-八一七七
ファンタジア文庫編集部気付
三木なずな（様）宛
白狼（様）宛

富士見ファンタジア文庫

S級《エスきゅう》ギルドを追放《ついほう》されたけど、実《じつ》は俺《おれ》だけドラゴンの言葉《ことば》がわかるので、気付《きづ》いたときには竜騎士《りゅうきし》の頂点《ちょうてん》を極《きわ》めてました。3

令和４年４月20日　初版発行

著者――三木《みき》なずな

発行者――青柳昌行

発　行――株式会社KADOKAWA
〒102-8177
東京都千代田区富士見2-13-3
0570-002-301（ナビダイヤル）

印刷所――株式会社暁印刷

製本所――本間製本株式会社

ISBN978-4-04-074506-0 C0193

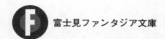

その男、
アード
元・最強の《魔王》さま。その強さ故に孤独となってしまった。只の村人に転生し、友だちを求めることになるのだが……？
ジニー
いじめられっ子のサキュバス。救世主のように助けてくれたアードのことを慕い、彼のハーレムを作ると宣言して!?
イリーナ
正義感あふれるエルフの少女（ちょっと負けず嫌い）。友達一号のアードを、いつも子犬のように追いかけている
神話に名を刻む史上最強の大魔王、ヴァルヴァトス。
王としての人生をやり尽くした彼は、平凡な人生に憧れ、
数千年後、村人・アードへと転生するのだが……
魔法の力が劣化した現代では、手加減しても、アードは規格外極まる存在で!?　噂は広まり、嫁にしてほしいと言い寄ってくる女、次代の王へと担ぎ上げようとする王族、果ては命を狙う元配下が学園に押し掛けてくるのだが、
そんな連中を一蹴し、大魔王は己の道を邁進する……！

ファンタジア文庫
すべてを蹂躙《じゅうりん》する。
史上最強の大魔王、村人Aに転生する
The Greatest Maou Is Reborned To Get Friends
下等妙人
イラスト／水野早桜
シリーズ好評発売中！

この少年
すべてが
天上優夜《てんじょうゆうや》
異世界で
レベルアップした結果、
最強の身体能力を
手に入れた少年
シリーズ好評発売中！

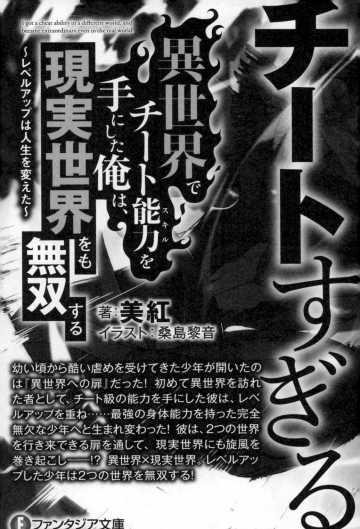

切り拓け！キミだけの王道
ファンタジア大賞
原稿募集中！
賞金
《大賞》300万円
《金賞》50万円
《銀賞》30万円
選考委員
細音啓「キミと僕の最後の戦場、あるいは世界が始まる聖戦」
橘公司「デート・ア・ライブ」
羊太郎「ロクでなし魔術講師と禁忌教典《アカシックレコード》」
ファンタジア文庫編集長
前期締切 8月末日
後期締切 2月末日
公式サイトはこちら！ https://www.fantasiataisho.com/